KB092218

통행금지

통행금지

서해문집 청소년문학 004

초판 1쇄 발행 2018년 5월 18일
초판 5쇄 발행 2025년 2월 20일

지은이 박상률
펴낸이 이영선
책임편집 김종훈

편집 이일규 김선정 김문정 김종훈 이민재 이현정
디자인 김회량 위수연
독자본부 김일신 손미경 정혜영 김연수 김민수 박정래 김인환

펴낸곳 서해문집 | 출판등록 1989년 3월 16일(제406-2005-000047호)
주소 경기도 파주시 광인사길 217(파주출판도시)
전화 (031)955-7470 | 팩스 (031)955-7469
홈페이지 www.booksea.co.kr | 이메일 shmj21@hanmail.net

ISBN 978-89-7483-933-8 43810

이 도서의 국립중앙도서관 출판예정도서목록(CIP)은 서지정보유통지원시스템 홈페이지(http://seoji.nl.go.kr)와 국가자료공동목록시스템(http://www.nl.go.kr/kolisnet)에서 이용하실 수 있습니다.(CIP제어번호: CIP2018013544)

서해문집
청소년문학
004

박상률
소설

서해문집

차례

1 쥐 사냥꾼 찐돌이 • 7
2 봄의 소리들 • 15
3 독 안에 든 쥐 신세 • 23
4 딸기농사 • 28
5 헬리콥터 • 34
6 딸기와 농구공 • 39
7 찐돌이와 농구를! • 43
8 짜장면 • 49
9 찐돌이, 뱀에 물리다 • 54
10 뱀독 • 60
11 봄날의 내력 • 66
12 딸기 장수 아버지 • 69
13 호소문 • 74
14 나, 비형이오 • 79
15 통행금지 • 85
16 경고문 • 90
17 아버지는 어른인게 • 95
18 수로에 처박힌 찐돌이 • 99
19 휴교 • 105
20 찐돌아! 찐돌아! • 109

해설 • 114

작가의 말 • 125

1.
쥐 사냥꾼 찐돌이

찐돌이가 창고 앞에서 아침 내내 낑낑대며 안절부절못하고 있었다.

"찐돌아, 왜 그랴?"

광민이는 고개를 갸웃거렸다. '똥 마려운 강아지'라는 말이 떠올랐다. 하지만 찐돌이가 똥이 마려워 그런 것 같지는 않았다. 똥이 마려우면 찐돌이는 대문 곁 두엄더미 있는 곳으로 뛰어갔을 테니까….

"창고로 들어간 쥐가 나오길 기다리는 모양이여."

아버지가 지나가는 말투로, 별거 아니라는 투로 한 말씀을 툭 던졌다.

"문 앞에서 아침 내내 저러고 있는디요. 창고의 쥐 때문에 저렇게 조바심 내믄 창고 문을 그냥 열어 주는 게 좋을 것 같은디요. 찐돌이가 창고로 뛰어들어 갈 수 있게…."

광민이는 찐돌이를 도와줄 마음으로 창고 문을 열어 주어야겠다고 생각했다. 그러나 아버지가 고개를 저었다.

"너무 신경 쓰지 말그라잉! 찐돌이가 알아서 허겄지, 뭐."

"찐돌이가 어떻게 알아서 해요? 아침 내내 창고 앞에서 낑낑거리고만 있어요. 아무래도 창고 문을 열어서 도와줘야 헐 것 같은디요?"

창고 문은 양쪽이 단단히 맞물려 있어 개는 열지 못한다. 사람이 문고리를 잡아당겨야 열린다. 찐돌이가 창고 안으로 뛰어들어가면 창고 안에 있는 쥐들은 그야말로 독 안에 든 쥐 꼴이 될 것이다.

"찐돌이 들어가게 창고 문을 살짝 열어 줄까요? 찐돌이가 직접 창고로 들어가믄 쥐 잡기가 더 쉬울 것 같은디요?"

광민이가 계속 채근을 했지만 아버지는 여전히 시큰둥했다.

"그렇지만도 않제…."

광민이는 고개를 갸우뚱거렸다. 아버지의 말이 이해가 되지 않았다.

"쥐가 결국은 나올 것이여…."

아버지는 계속 이해가 되지 않는 말만 했다.

"쥐가 나오다니요?"

"독 안이 답답헌께 곧 뛰쳐나올 것이란 말이제."

아버지 말은 갈수록 알쏭달쏭했다.

광민이는 조바심이 났다.

"근디 쥐들이 창고에서 안 나오고 버티믄 찐돌이도 어쩔 수 없잖아요."

아버지가 고개를 끄덕였다.

"그렇긴 허제. 쥐가 드나드는 좁은 구멍으로 쥐보다 훨씬 몸집이 큰 찐돌이가 들어갈 수는 없을 틴께!"

광민이는 이때다 싶어 목소리에 잔뜩 힘을 실었다.

"그란께 문을 열어서 찐돌이가 창고 안으로 들어가게 해 주자고요!"

그러나 아버지는 고개를 저었다.

"결국 쥐가 안 나오곤 못 배길 것이여! 찐돌이도 그걸 알고 기다리는 거여. 그란께 쪼깐 더 기다려 보자."

"쥐가 창고에서 나올 줄 알고 찐돌이도 기다린다고요?"

"그렇제."

"창고에 먹을 것이 많은디 쥐들이 밖으로 나오겄어요?"

"쥐들도 배 부르고 나믄, 그다음으로는 답답헌 걸 못 참거든!"

광민이는 아버지 말이 이해가 얼른 되지 않았지만 금세 아버지 말이 맞다는 걸 알게 되었다.

광민이가 아침을 먹고 나서 학교에 가기 위해 가방을 들고 나오자 쥐구멍으로 쥐 한 마리가 머리를 내밀었다. 찐돌이가 그 쥐를 놓치지 않고 입에 문 뒤 땅바닥에 패대기쳤다. 쥐가 배를 뒤집은 채 축 늘어지자 찐돌이는 그 쥐를 물어다 식구들 신발이 놓여 있는 댓돌 아래에 두었다.

광민이는 찐돌이 머리를 쓰다듬어 주었다.

"찐돌이, 쥐 잘 잡는구나!"

찐돌이가 꼬리를 흔들며 혀를 길게 내밀었다. 그 순간 창고 쥐구멍에서 쥐 한 마리가 또 고개를 내밀었다. 찐돌이가 재빠르게 달려가더니 그 쥐를 또 물어 왔다. 쥐는 배를 뒤집은 채 식구들 신발 곁에 나란히 눕혀졌다. 쥐들은 한결같이 배가 빵빵했다.

쥐구멍에서 쥐가 계속 나왔다. 찐돌이는 신이 나 있었다. 쥐들은 창고에서 나오면 죽는지도 모르고 검은 머리를 내밀었다. 찐돌이는 그때마다 같은 동작을 되풀이했다. 쥐가 고개를 내밀면 바로 콱 물었다. 이어 땅바닥에 패대기친 뒤, 쥐가 배를 뒤집으면 다시 물어다 댓돌 아래에 갖다 두었다.

찐돌이의 원래 이름은 진돌이였다. 진돗개니까 진돗개의 첫 말을 따서 '진'이라 하고, 수컷이니까 갑돌이 할 때 '돌'을 따서 '진돌'이라 한 것이다. 그런데 식구들 모두 진돌이를 찐돌이라고 세게 발음했다. 자장면을 짜장면이라 해야 더 맛있는 것 같고, 가지를 까지라 해야 진짜 가지나무 같고, 버스를 뻐스라 해야 더 빠른 것 같고, 발딱을 빨딱이라 해야 더 급히 일어나는 듯한 모습처럼 말이다. 어느 순간부터인지는 모르지만 진돌이는 자연스레 찐돌이가 되었다. 어쨌든 찐돌이가 진돌이보다 더 용감하고 강해 보였다.

"광민아, 찐돌이랑 동네 한 바퀴 돌고 와서 밥 먹거라잉!"

아침 먹기 전에 몸을 움직이는 운동을 하고 밥을 먹어야 잠이 빨리 깬단다. 그래야 밥맛이 난다는 얘기를 아빠는 에둘러서 꼭 저렇게 말했다. 여하튼 찐돌이는 어느새 광민이랑 같이 운동하는 사이가 되었다.

그런 찐돌이가 오늘 아침엔 운동도 가지 않고 창고 문을 지켰다. 밤새 쥐들이 쥐구멍으로 창고 안에 들어간 걸 찐돌이가 알아챈 것이다.

창고에는 지난해 가을에 수확한 벼를 비롯해 수수, 고구마, 콩, 깨 같은 곡물이 잔뜩 쌓여 있다. 식구들이 겨우내 꺼내 먹고, 봄 지나 여름을 견디고, 가을이 되어 새 곡식 날 때까지 먹을 양식이 들어 있는 것이다.

쥐는 사람이 먹는 걸 거의 다 먹는다. 사람들이 먹거리를 쟁여 놓는 창고는 쥐들에게도 중요한 곳이다. 그래서 진즉부터 창고에 쥐구멍이 뚫렸다. 창고 벽에 쥐들이 뚫어 놓은 쥐구멍을 발견할 때마다 아버지는 쥐구멍을 틀어막았다. 하지만 쥐들은 어느새 새 구멍을 또 뚫어 놓는다. 마치 구멍을 막는 아버지를 약 올리는 것 같았다. 아버지는 마치 사람을 대하듯이 쥐들에게 하소연했다.

"야, 이놈들아 우리 식구들 먹을 것도 쪼깐 남겨 두거라잉. 니들 입만 중요허냐? 사람도 먹고 살아야 헐 것 아니냐!"

아버지는 쥐구멍을 막을 때마다 투덜거렸다. 하지만 쥐들은 끝내 사람 사정을 헤아리지 않았다. 물론 쥐들도 먹고 살려면 어쩔 수 없을 것이다.

아버지는 새 쥐구멍이 생길 때마다 막았지만 쥐들이 끈질기게 새로 구멍을 내는 데에 지쳐 다른 수를 생각해 냈다.

"아무래도 안 되겄다. 사람이 쥐를 이길 수가 없어. 쥐가 사람보다 더 끈질기단 말이여. 그렇다믄 내 요것들을…."

광민이는 아버지가 쥐약이나 쥐덫을 놓으리라고 짐작했다.

"아빠, 쥐약이나 쥐덫 놓게요?"

"아니. 쥐약이나 쥐덫보다 더 나은 걸로…."

아버지는 친척집에서 갓 젖 떨어진 진돗개 강아지 찐돌이를 데려왔다.

"쥐의 천적은 진돗개디야. 인자 창고지기 할 쥐 사냥꾼 진돗개가 왔은께 나는 곧 신경 끊어도 될 것이여!"

아버지는 찐돌이가 알아서 쥐들을 다 상대할 것이라 믿었다. 그래서 찐돌이 집도 창고 앞에 두었다.

아버지가 창고 안쪽을 향해 소리 질렀다.

"이놈들아 인자 나는 신경 끌란다! 포수로 진돗개가 왔은께 앞으로 니들 일은 개 포수가 다 알아서 헐 것이여! 저 개 포수가 쥐 사냥꾼이여!"

하지만 찐돌이가 바로 창고지기 역할을 하지는 못했다. 아직 어리기 때문이다. 쥐들도 어린 강아지인 찐돌이를 무서워하지 않았다. 어느 정도 자라 중개가 되고 나서야 찐돌이는 창고지기 노릇을 제대로 해냈다. 그 무렵부턴 쥐들도 찐돌이를 무서워했다. 마침내 찐돌이는 쥐 사냥꾼으로서 자기가 맡은바 역할을 훌륭히 하기에 이른 것이다.

쥐들은 찐돌이가 '크응' 소리만 내도 혼이 나간 듯 달아나기 바빴다. 그러나 쥐들도 창고를 쉽게 포기하지 않았다. 그래서 찐돌이 감시를 피해 걸핏하면 쥐구멍을 내기 바빴다. 찐돌이도 만만치 않았다. 찐돌이는 몸집이 쥐보다 커서 쥐구멍을 통해 창고 안으로 들어갈 수 없다. 그 대신 찐돌이는 기다리기 선수였다. 창고에서 배를 불린 쥐들이 창고 밖으로 나오는 순간을 놓치지 않기 위해 마냥 쥐구멍을 지켰다. 쥐들이 언제 나올지 모르지만 찐돌이는 쥐구멍 앞을 떠나지 않았다. 오늘 아침에도 그러느라 광민이랑 아침 운동도 가지 않고 쥐구멍 앞에서 쥐들을 기다린 것이다.

아버지는 찐돌이의 끈질긴, 그런 태도를 아주 좋아했다.

"역시 진돗개는 달러! 찐돌이 녀석 좀 봐라. 사람도 그렇게는 못 허제."

찐돌이가 창고지기로 집에 온 뒤부터 창고가 훨씬 조용해졌다.

쥐들이 마음대로 들락거리지 못한 것이다.

찐돌이는 쥐들을 본능적으로 싫어하는 것 같았다. 진돗개는 무엇보다도 쥐를 잘 잡는, 쥐 사냥꾼이라는 말이 헛말이 아니었다. 쥐 흔적만 보여도 잡으려 들었다. 그러나 쥐들도 쉬이 물러나지 않았다. 찐돌이의 눈과 코를 피해 걸핏하면 새 구멍을 뚫기에 바빴다. 찐돌이도 쉽게 물러나지 않았다. 몇 시간이고 쥐구멍 앞에 버티고 엎드려 기다렸다. 아버지 말마따나 사람은 절대로 그렇게 못한다. 찐돌이는 참으로 끈질기다.

2.
봄의 소리들

바람결에 광주 시내가 시끄럽다는 소리가 들려왔다.

“으째 올봄엔 싱숭생숭한 소리만 날아든디야. 별일이시!”

동네 사람들은 두 사람만 모여도 광주 시내 쪽을 쳐다보며 알쏭달쏭한 말들을 나누었다.

사람들은 광주가 시끄러운 이유를 저마다 들이대며 핏대를 올렸다.

“서울이야 봄 아니어도 늘 시끄럽제만 봄 되자마자 광주가 시끄럽다니, 알다가도 모를 일이시….”

“서울보다 광주가 더 시끄럽다는 것이 말이 된가?”

“이전부터 광주 사람들은 시상이 잘못 돌아가믄 못 참었은께.”

"그라믄 지금 시상이 잘못 돌아가고 있는 모양이제?"

"그라제. 작년에 독재자 대통령이 지 부하한테 총 맞어 죽었은께 사람들은 금세 좋은 시상 올 줄 알았는데 시방 묘하게 돌아가거든!"

"자네는 시상 돌아가는 것을 잘 아는 모양이구먼. 우덜같이 모르는 사람헌티도 쪼깐 갈쳐 주시게."

"갈쳐 주고 말고 헐 것이 어디 있단가. 쪼깐만 생각해 보믄 누구나 다 아는 일인디. 그런 소리 듣는 내가 다 거시기허네…."

"자네는 쪼깐만 생각해 봐도 아는 것을 우덜은 솔찬이 깊게 생각해 봐도 모른단께! 그란께 속 시원허게 갈쳐 주란께!"

"으째서 광주가 시끄럽냐 허믄…."

그 사람은 신문과 방송에서 보고 들은 거에다 자기 견해를 곁들여 사람들이 알아듣기 쉽게 지금 나라 돌아가는 판국을 설명했다.

"그라믄 내가 알고 있는 디로 말헐 것인께 들어들 보쇼."

"뜸 들이지 말고 얼른 알어먹게 얘기혀 보란께!"

그 사람이 간략히 최근 세상 돌아가는 상황을 애기했다. 사람들은 그 사람의 말에 귀 기울였다.

지난해 10월, 군인 출신의 독재자 대통령이 부하의 총을 맞고 죽은 뒤 모든 사람들은 금세 민주 세상이 오리라고 기대했다. 근데 구악이 가고 나자 신악이 왔다. 호랑이 피하자 이번엔 이리가 나타난 셈이다. 어쩌면, 이리 피하자 호랑이가 나타난 셈인지도 몰랐다.

민주화 일정을 무시한 군부 세력과, 그것을 막아 내려고 저항하는 대학생들이 부딪치는 소리지만 사람들은 그다지 심각하게 생각하지 않았다. 봄이니까 으레 이런저런 소리가 나기 마련이려니 했다. 사람들은 민주주의는 조금 시끌벅적하기 마련이라고 생각했다. 이 대목에서 사람들이 웅성거렸다.

"대통령도 죽을죄를 졌지만, 그려도 자기를 그 자리에 앉혀 준 대통령인디, 총을 쏴 죽인 건 쪼깐 거시기헌 일 같단께."

"오죽허믄 부하가 총을 쏘았겄어…."

"하긴 속내를 가장 잘 아는 자리에 있은께, 이대로 가믄 나라가 결딴나겄다 생각혀서 대통령을 죽였는지 모르제."

"그렇게 깊은 뜻이야 있는지 없는지 모르겄제만, 부하가 봐도 이건 아니다 싶었던 모양이시."

"하여간 그건 그렇고, 내 얘기 마저 들어보쇼."

다시 그 사람의 설명이 이어졌다.

사람들은 5·16이라는 군사반란으로 정권을 잡은 뒤 18년 동안이나 독재한 대통령이 죽었으니 이제 곧 좋은 세상이 찾아오리라고 여겼다. 하지만 지난해 12월 12일 군사반란을 또 일으킨 군부 세력이 나라를 좌지우지했다. 이에 사람들은 뜨악해 했다. 겨울부터 정치꾼들이 숨을 죽이고 있자 대학생들은 봄이 되자마자 연일 시위를 했다. 서울을 비롯 부산, 광주, 대구, 인천 등 전국의 대도시는 봄날 내내 조용한 날이 없을 정도였다.

"그려서 올봄이 유난히 더 시끄러운 것이지라."

그 사람은 지금 정국이 어떻게 돌아가는지를 자신이 알고 있는 대로 들려주었다.

대학생들이 연일 민주화 일정을 뚜렷이 밝힐 것을 거세게 요구하자 일부 정치가들이 국무총리를 찾아갔다. 정부는 정치 일정은 국회에서 의논해 밝힌다는 뻔한 소리만 되풀이하며 시위 자제만 당부했다. 그래서 대학생들은 자신들의 의사가 정부에 충분히 전달되었다고 여겨 학교로 돌아가기로 했다. 그렇게 해서 서울역 광장에 모인 서울 지역 대학생 10여만 명이 시위를 그만두고 학교로 돌아갔다.

서울 지역의 이 소식은 각 지역에도 전달되었다. 그래서 부산, 대구 등의 지역 대학생들은 거리에서 시위를 하는 대신 며칠 지켜보기로 했다. 군 투입 가능성은 높지만 대규모 시위에도 휴교령이 내려지지 않은 것을 보고 언제든 다시 시위를 할 줄 알았기에 그렇게 결정을 한 것이다. 하지만 광주의 대학생들은 시위를 그만두지 않았다.

전남도청이 있는 광주에선 전남도청 앞 광장에서 연일 '민주화 대성회'를 열었다. 마침 5월 16일이었다. 그날은 18년이나 독재를 한 박정희 대통령이 군사쿠데타를 일으킨 1961년 5월 16일이기도 했다. 대학생과 시민 3만여 명이 모였다.

이날 학생 대표는 전남도경국장을 찾아가 학생들도 자율적으로 질서를 지키며 시위를 할 테니 경찰도 학생들을 진압하지 말아 달라고 요청했다. 그러자 전남도경국장도 그 요청을 순순히 받아들였다.

이날 시위가 벌어진 곳은 전국에서 유일하게 광주뿐이었지만 아무 사고 없이 평화적으로 마무리되었다. 경찰은 약속대로 시위대를 진압하기는커녕 시위 과정에서 사고가 나지 않을까 염려하며 오히려 적극적으로 협조를 했다.

시위를 평화적으로 마친 학생들은 혹시라도 휴교령이 내려지면 다음 날 오전 열 시에 전남대학교 정문 앞에서 만나기로 하고 헤어졌다. 만약 학교 정문 앞에서 못 만나는 일이 생기면 열두 시에 도청 앞 분수대에 모이기로 했다.

아침 일찍 전남대학교 정문 근처에 학생들 몇이 서성거렸다. 학교 운동장에서 운동을 하거나 도서관에 공부하러 가려는 학생들이었다. 그런데 군인들이 학교에 못 들어가게 했다.

"늘 이 시간에 학교에 들어갔는디 오늘은 뭣 땜시 안 된다는 겁니까?"

군인들이 학교에 못 들어가게 막자 학생 하나가 항의를 했다.

군인들 몇이 더 몰려들더니 다짜고짜 곤봉으로 내리쳤다. 그 학생은 외마디 비명을 지르며 고꾸라졌다.

"어이쿠!"

학생들이 우르르 몰려들어 군인들에게 따졌다.

"우리 학교 우리가 들어가겄다는디 으째서 때리고 그런다요?"

군인들은 아무 대꾸 없이 눈알을 더 크게 부라리며 곤봉을 위로 치켜들고선 더 위협적으로 굴었다. 그때 교문 안쪽에선 이미 학교에 있던 학생들이 군인들한테 얻어터지면서 끌려 나왔다.

지휘자인 성싶은 군인 하나가 확성기를 입에 대고 외쳤다.

"지금 휴교령이 내려졌으므로 학교엔 들어가지 못합니다. 학교에 있던 학생들은 학교 밖으로 나와야 합니다!"

학생들이 놀란 소리를 냈다.

"휴교령이 내려졌다고?"

"드럽게 돌아가는구먼!"

점점 학생들이 불어났다. 휴교령이 내리면 교문 앞에 열 시에 모이기로 한 전날의 약속을 기억한 학생들이었다. 학생들은 서로 어깨를 걷고 대열을 짠 뒤 구호를 외쳤다.

"비상계엄 해제!"

그러자 군인들이 일제히 오른손엔 곤봉을 치켜들고 군홧발 소리를 '탁! 탁!' 내며 대열을 맞춰 학생들에게 다가갔다.

학생들은 집단으로 대오를 맞춰 다가오는 군인들에게 돌멩이를 던졌다. 그러나 철모를 쓰고 있어서 그런지 군인들은 돌멩이를 피하지 않고 저벅저벅 더 가까이 다가왔다. 어느 순간 군인들은 '얍' 하는 소리를 내지르더니 곤봉을 휘두르며 학생들을 쫓았다. 학생들은 흩어져 골목으로 피했다. 군인들은 저마다 목표로 정한 학생을 끝까지 쫓아가 두들겨 팼다.

학생들은 피를 흘리며 쓰러졌다. 그때까지 구경만 하던 시민들이 놀라는 소리를 냈다.

"오메! 시방 이것이 뭣이단가?"

"피 아닌가?"

"해도 해도 너무 허네!"

학생들은 골목으로 도망갔다가 다시 교문 앞으로 몰려들었다. 이제는 학생들에다가 시민들까지 합쳐져 제법 수가 많아졌다. 그때 누군가가 외쳤다.

"여그서 이러고 있을 것이 아니라, 시내로 나갑시다!"

"고로코롬 허는 것이 좋겄습니다! 군인들이 뭔 짓을 혔는지 사람들이 많이 알믄 다 힘을 보탤 것인께!"

시위대는 학교 정문 앞을 벗어나 시내 쪽으로 몰려갔다.

그 무렵 전남대학교의 후문 앞에서도 군인들은 난폭하기 짝이 없는 폭력을 서슴지 않고 휘둘렀다. 심지어는 지나가는 시내버스를 억지로 세워 승객들을 다짜고짜 내리게 한 뒤 무작정 패면서 학교 안으로 끌고 가기도 했다.

"난 시방 군대 영장 받어 놓고 농약 사러 시내에 나갔다 오는 길이란께요! 대학생도 아니고 데모도 안 혔단께라!"

그러나 군인들은 인정사정없이 곤봉으로 내리칠 뿐이었다.

"이 자식이, 말이 많아!"

3.
독 안에 든 쥐 신세

사람들 사이로 이번엔 광주가 잠시 조용해졌다는 소식이 날아들었다.

"군인들이 닷새 넘도록 시내를 쥐 잡듯이 뒤지고 다니더니 으짠 일이디야? 어제부턴 시 바깥으로 다 나갔다고 허네."

"군인들이 시 바깥으로 나갔은께 시내가 조용한 것이여?"

"쥐 죽은 듯이 조용하다는 말도 있잖어."

"조용한 것 본께 군인들이 손을 떼고 나가긴 나간 모양이제?"

"손을 완전히 다 뗀 것 같지는 않고…. 곧 시내 사람들은 독 안에 든 쥐 신세가 될지도 모르제."

"독 안에 든 쥐 신세?"

"개는 쥐구멍만 잘 지키면 되잖어. 군인들이 딱 그 짝이란 말이시. 개가 쥐구멍 지키듯이 군인들이 시내 드나드는 길목을 지키기로 헌 모양이구먼!"

겨울이 지나고, 꽃샘추위도 지나고, 봄이 점점 무르익어 가면서 이상한 소리는 계속 들려왔다. 하지만 아버지는 봄이니까 으레 그러려니 했다.

"다들 겨우내 추위에 움츠려 있다가 날이 풀리니 다시 살아나느라 그러겄지. 봄이믄 뭐든 다시 살아나잖여. 땅도 나무도 풀도…. 사람도 마찬가지여. 봄 되믄 다 한 소리씩 내질러야 사는 맛이 나는 거 아녀? 그래서 쪼깐 시끄럽게 느껴질 거여. 걱정헐 것읎어. 봄이믄 원래 다 그랬은께. 봄이 오는 소리는 원래 시끌벅적허단께! 올해 봄은 다른 때보다 더 시끌벅적헌 일이 많제!"

광민이는 아버지 말에 고개를 끄덕였다. 어쩌면 자기도 겨우내 움츠려 있다가 지금 기지개를 켜고 있는지도 모른다. 가만히 있으면 좀이 쑤셔서 찐돌이랑 달음박질을 하는지도 모른다는 생각이 들었다.

광주 시내가 시끄러운 것은 단순히 봄이어서가 아니었다. 아버지는 봄이면 으레 시끌벅적하다고 했지만 올봄은 그 정도가 아니었다.

전남대학교 정문 앞에서 군인들의 폭행을 지켜본 학생들과 시민들은 가까운 광주역 광장으로 가서 다시 모였다. 군인들에게 쫓겼던 다른 학생들도 하나둘씩 광주역 광장으로 모여들었다.

"도청 앞으로 갑시다!"

"계엄군 물러가라!"

"휴교령 철회하라!"

시위대는 점점 더 불어났다. 광주역 광장에서 출발한 시위대는 시외버스 공용터미널을 거쳐 전남도청이 있는 금남로로 나아갔다. 시위대가 금남로로 나아가자 경찰이 시위대를 에워싸고 최루탄을 쏘아 댔다. 엊그제 시위대를 평화적으로 대하며 호의적이었던 경찰이 아니었다. 그새 경찰이 난폭하게 변해 있었다.

시위대는 시외버스 공용터미널로 들어가 구호를 외치며 버스 승객들 아무에게나 광주를 떠나 목적지에 가거든 광주의 상황을 알려 달라고 부탁했다. 경찰은 터미널을 포위한 뒤 대합실에 최루탄을 터뜨렸다. 시위대는 독 안에 든 쥐 꼴이 되었다. 이들은 죽기살기로 터미널을 빠져나왔다. 하늘에선 헬리콥터가 시위대를 쫓았다. 경찰의 강경 진압 탓에 시위대는 금남로에서 멀리 밀렸다. 그러나 경찰의 강경 진압은 시위대의 분노를 더 사 시위대 수도 불어나고 시위 상황도 조직적으로 변하고, 시위 방식도 더욱 용감하고 강해졌다.

그러자 경찰을 대신한 계엄군의 진압 방식은 더 거칠어졌다. 특히 공수부대 군인들은 으름장까지 놓으며 시위대를 몰아붙였다.

"선량한 광주 시민 여러분, 빨리 집으로 돌아가시기 바랍니다. 시위대는 지금 불법을 저지르고 있습니다. 불법 시위를 하는 자는 모두 체포할 것입니다. 선량한 시민 여러분은 빨리 집으로 돌아가시기 바랍니다."

이제 막 도착한 공수부대는 지휘용 차량의 스피커를 통해 마구 방송을 해 댔다.

"우리가 시방 불법 시위를 하고 있다고?"

"모두 체포한다고?"

"내놓고 협박을 허는구먼!"

시민들은 발을 동동 구르며 안타까워했다.

공수부대원들은 마치 살인 면허를 받기라도 한 듯이 굴었다. 국민을 적대적으로 대하며 거칠게 시위를 진압했다. 국민들이 죽어도 상관없는지 곤봉으로 닥치는 대로 때리고 질질 끌고 갔다.

공수부대원들의 잔인하기 짝이 없는 충격적인 진압 장면을 본 시민들은 저마다 혀를 끌끌 찼다.

"사람을 복날 개 패듯이 허는 것이 작전이여, 뭐여?"

"이참에 광주 사람들 씨를 다 말릴 모양이제?"

"이대로 있으믄 다 죽게 생겼네. 공수부대부터 몰아내 부러야쓰겄네."

이제 시위대에는 학생보다 시민이 더 많아졌다. 시민들은 공수부대가 사람들을 개 패듯하며 살인 면허를 받아 인간 사냥을 하고 있는 것으로 느꼈다.

도시 전체가 긴장감에 빠져들었다. 그새 MBC, KBS 등 방송국이 불타고 세무서며 노동청 등이 불탔다.

특히 명령에 따라 집단 총격이 이루어진 게 애국가가 울려 퍼질 때였다는 것도 군중들을 자극했다. 국기 하기식 때 울려 퍼지던 애국가였다. 그런데 국기 하기식 시간도 아닌 오후 한 시에 전남도청 옥상의 스피커에서 갑자기 애국가가 울려 퍼지는가 싶더니 총성이 울리고 금남로는 순식간에 지옥으로 변해 버렸다. 애국가가 집단으로 총을 쏘라는 신호였던 것이다.

이에 시민들은 더욱 거세게 저항했다. 시민들이 강하게 저항하자 계엄군도 어쩔 수 없이 시 외곽으로 후퇴했다. 겉으로는 광주 시내에서 공수부대를 비롯한 계엄군과 경찰이 모두 밖으로 빠져나간 셈이다.

4.
딸기농사

광민이네가 사는 곳은 광주 바깥쪽에 있는 농촌 마을이다. 그래서 사계절 내내 농사를 돌려가며 짓는다. 벼농사가 끝나면 그 논에 보리를 심거나 배추를 심고, 콩이나 깨 같은 여름 작물이 다 자라 가을에 수확까지 하고 나면 곧바로 그 밭에 온상이라는 비닐하우스를 세운다. 나중에 딸기농사를 지으려고 그런 것이다. 비닐하우스로 온상을 지을 형편이 안 되면 비닐로 덮개를 만들어 모종을 씌우기도 한다.

광민이는 몸이 근질거리면 찐돌이와 마구 달리기를 했다.

“찐돌아, 나 잡아 봐라잉!”

처음엔 광민이가 찐돌이 앞에서 달린다. 그러나 이내 찐돌이가 광민이 앞으로 총알처럼 달려 나간다.

"찐돌아! 어디로 가는 줄도 모르믄서 무턱대고 달려가기만 헐 거여?"

찐돌이는 어디로 가는 것 따위는 조금도 생각하지 않고 그저 맘껏 달리는 것만으로도 좋은 모양이었다.

"찐돌이 니는 달음박질허는 것이 그렇게 좋냐?"

물론 찐돌이가 대답을 할 리 없다. 그러나 찐돌이의 몸짓을 보니 이미 대답을 하고 있는 거나 마찬가지였다. 어느 순간부터 광민이는 찐돌이의 속내를 알아차리게 되었다.

광민이는 찐돌이 뒤에서 한참 달리다가 도저히 찐돌이를 따라갈 자신이 없어 제자리에 멈춰 서고 말았다.

"찐돌아! 이리 와 보그라잉. 인자 고만 집에 가자!"

광민이는 찐돌이를 불렀다. 찐돌이가 그 말을 금세 알아듣고 광민이 있는 곳으로 돌아왔다. 입 밖으로 혀를 길게 내 물고서 헐떡거렸다.

"니도 힘드냐?"

광민이는 찐돌이 머리를 쓰다듬어 주며 찐돌이가 숨을 다 고르기를 기다렸다.

아버지는 요즘 딸기밭에서 하루 종일 지내고 있다. 마침 딸기철인 것이다. 예전 같으면 밭에서 보리가 수확을 기다릴지 모르지만 요즘은 밭마다 딸기가 한창이다. 마을 사람 거의 모두 딸기농사를 짓는다.

"옛날엔 지금쯤 밭마다 노란 보리가 출렁거렸는디…."

"그때가 그립소?"

"그립다기보다는, 그랬다는 얘기제."

"하이고, 나는 보리라는 말만 들어도 보릿고개가 떠올라 시방도 징글징글허요. 노랗게 익은 보리 대신 빨간 딸기가 더 보기 괜찮지 않으요?"

"보릿고갠 나도 싫었제만, 딸기농사도 쉽지 않어서 그러제."

"보리농사는 쉬웠간디?"

"쉬운 농사가 어디 있겄소만, 보리야 가을걷이 끝나고 추워지기 전에 씨만 뿌려 놓으믄 겨우 내내 지가 알아서 자라 줬제."

마을 어른들은 손이 많이 가는 딸기밭에서 저마다 푸념을 늘어놓았다. 하지만 딸기농사가 보리농사보다 이문이 훨씬 더 난다는 것을 모르는 바가 아니어서 푸념은 언제나 푸념으로 끝나고 말았다.

"그래도 봄에 딸기농사를 짓는 덕에 보릿고개가 다 없어져 부렀어!"

어른들은 딸기농사를 짓는 게 보리농사를 짓는 것보다 훨씬 더 나은 일이라고 입을 모았다. 광민이가 보기에도 그런 것 같았다. 아주 어렸을 때는 군것질도 마음 놓고 못 했다. 그러나 지금은 군것질을 꽤 할 수 있다…. 이를 보면 보리농사보단 딸기농사가 더 나은 것 같기는 하다.

아버지는 봄내 딸기에 매달렸다. 비닐하우스에서 싹을 틔운 딸기를 밭에 모종을 해서 키운 뒤 하루 종일 딸기만 들여다보았다.

"딸기가 빨갛게 여물믄 내다 팔아서 농구공 사 주마!"

"아빠, 정말?"

"암은, 정말이제!"

광민이는 농구를 잘하면 키도 크고 날쌔질 것 같았다. 그래서 축구공을 농구공처럼 튕기며 논다. 아버지는 그런 광민이를 다 알고 있는 모양이었다.

"아빠가 말이여, 그간 내놓고 말은 안 혔어도, 광민이 니가 농구를 얼마나 좋아허는지는 다 알고 있제."

"야, 신난다! 나도 농구공 생긴다!"

"이번 봄에 딸기농사 잘되믄 그깟 농구공이 문제겄냐? 내친 김에 마당 한 삐짝에 농구대도 들여놓자!"

아버지는 광민이가 원하는 것이면 뭐든 들어주려고 애쓴다. 어렸을 때 세발자전거가 없었는데 광민이가 그걸 타고 싶어 하자 아빠는 하루 종일 나무를 깎고 구멍을 내더니 나무 세발자전거를 만들어 주기도 했다. 그때는 아버지 손이 요술 손인 줄 알았다. 무엇에든 아버지 손이 가 닿으면 광민이가 갖고 싶어 하는 것으로 바뀌었기 때문이다.

아버지가 농구공을 사 준다고 했다. 틀림없이 딸기가 머지않아 농구공으로 바뀔 것이다.

광민이는 하루에도 몇 번씩 딸기가 콩알만 하다가 엄지만 해졌다가 마침내 농구공만 하게 커지는 모습을 그려 보았다. 딸기들이 자라는 밭이 온통 농구장으로 보이기도 했다. 이제 밭은 보리밭에서 딸기밭으로 바뀌고, 이내 농구장으로 바뀔 것이다. 광민이 머릿속에는 벌써 커다란 농구장이 생겨났다.

"딸기야 어서어서 자라렴. 너희들이 무럭무럭 잘 자라야 나헌티 농구공이 생긴단께!"

광민이는 아버지가 시키지도 않는데 아버지가 딸기밭에 물을 주면 같이 돕곤 했다. 딸기가 하루빨리 자랐으면 하는 마음에서 그런다.

"허허! 광민이가 인자 다 컸구먼."

"지도 인자 중학생인디요!"

"그려, 옛날 같으믄 장개갈 나이다! 멀리 갈 것도 읎이 니 할아부지는 니 나이에 장개갔단께. 일본으로 징용 가기 전에 결혼을 했으니께…."

광민이는 얼굴이 화끈거렸다. 아버지는 더 말씀을 하지 않았다.

"찐돌아, 농구공 생기믄 같이 농구허자!"

찐돌이가 달리기는 아주 잘하지만, 농구까지 하지는 못할 것이다. 광민이는 농구공이 자기 손에 들어오면 찐돌이보다 더 잘하는 게 하나는 생길 것 같아서 좋았다. 달리기로는 찐돌이를 도저히 이

길 수 없다. 광민이는 찐돌이처럼 쥐를 잡을 수도 없다. 하지만 농구는 공을 손으로 튕겨야 한다. 찐돌이는 그것까진 못 할 것이다. 아무리 달리기 잘하고 쥐 잘 잡는 찐돌이도 공을 두 손으로 번갈아 튕기며 앞으로 나가는 농구는 못 할 것이다.

봄내 햇빛도 알맞게 내리쬐었고 바람도 맞춤으로 불었다. 무엇보다도 비가 내려야 할 때를 알고 내렸다. 덕분에 딸기밭에 광민이가 나가서 아버지를 도와 물 줄 일이 많지 않았다. 광민이가 하는 일이라야 기껏 물 호스를 잡고 서 있는 일이었지만….

5.
헬리콥터

딸기밭 위로 군용 헬리콥터가 탓, 탓, 탓 소리를 요란하게 내며 지나갔다. 느닷없는 일이었다. 광민이네 마을은 군사 지역이 아니어서 여느 때엔 군사용 헬리콥터가 날아다니지 않는다.아버지는 딸기밭에 엎드려 있었다. 아버지가 일어나 허리를 펴며 하늘을 쳐다보았다. 전체 색깔이 다 국방색인 헬리콥터가 줄지어 날고 있었다.

"뭔 일이디야?"

아버지는 머리 위를 날아가는 헬리콥터가 마치 잠자리 떼 같다고 느꼈다. 아니, 내려앉을 마당을 찾으며 봄 하늘을 어지럽게 빙빙 도는 솔개 같았다. 아니, 늦가을 하늘을 가르며 한 줄로 나란히 지나가는 기러기 떼 같았다.

찐돌이가 헬리콥터의 요란한 날갯짓 소리와 헬리콥터의 스피커를 통해 뭐라고 방송하는 소리에 놀라 집 밖으로 뛰쳐나왔다. 찐돌이는 한달음에 딸기밭으로 갔다. 아버지가 손을 휘이휘이 내저었다.

"찐돌이 녀석 집 안 보고 밭엔 뭐허러 나왔냐?"

찐돌이는 아버지 곁을 빙빙 돌며 얼찐거렸다. 아버지가 헬리콥터를 손으로 가리키며 찐돌이를 바라보았다.

"찐돌이 니도 시방 저것이 궁금허냐?"

찐돌이는 아버지 말을 알아듣기라도 하는 것처럼 고개를 끄덕거렸다.

"세상이 조용허지 않은께…."

아버지는 나직이 혼잣말을 내뱉으며 시내 쪽을 바라보았다. 저 멀리 광민이가 집 앞에 나와 있는 게 보였다. 광민이는 하늘을 쳐다보고 있었다. 찐돌이가 광민이에게 달려갔다. 광민이 역시 하늘에서 나는 소리가 궁금했다. 헬리콥터는 시내 쪽으로 날아갔다.

헬리콥터에서 희끗희끗한 종이가 쏟아졌다. 광민이는 종이가 날리는 쪽을 바라보았다. 찐돌이는 광민이를 쳐다보다가 종이가 날리는 쪽을 쳐다보다가 했다. 광민이가 고개를 저었다.

"우리 허곤 상관없는 종이일 거여."

그러나 찐돌이는 종이가 떨어져 내리는 곳으로 달려갔다. 입에 종이 몇 장을 물고 다시 돌아온 찐돌이가 광민이에게 종이들을 뱉어 낸 뒤 가쁜 숨을 내쉬었다.

광민이는 찐돌이가 입에 물고 온 종이 한 장을 읽어 보았다.

선량한 광주 시민 여러분!
불순분자들의 꼬임에 넘어가지 마시고
수상한 말이나 난폭한 짓을 행하는 이가 있으면
가까운 경찰서나 군 당국에 신고하시기 바랍니다.

'선량한 시민? 불순분자? 수상한 말? 난폭한 짓? 신고?'

광민이는 종이에 쓰인 말들이 아주 낯설었다. 특히 '불순분자'라는 말이 알쏭달쏭했다. 광민이는 다른 종이를 읽어 보았다.

시민 여러분!
지금 외부에서 많은 폭도들이 잠입,
사태를 악화시키고 있습니다
낯선 폭도들은 신고하시거나
인상착의를 잘 기억해 두십시오.

'외부에서 폭도들이 들어와 사태를 악화시키고 있다고? 무슨 말이지? 간첩이 떼로 침투했으니 발견하면 신고하라는 얘긴가?'

광민이는 폭도니 인상착의니 하는 말들이 낯설기 짝이 없었다. 마치 간첩 신고 포스터 같다는 생각이 들었다.

일시 흥분했던 청년 여러분!
다른 곳에서는 이미 총을 버리고
속속 자수하고 있습니다.
내분이 일어나
총을 버렸습니다.
지금도 늦지 않았습니다.
후회될 일 하지 마십시오.

자수? 뭔가 큰일이 벌어진 모양이다. 글을 읽어 보니 청년들이 총을 들고 있는 것을 알 수 있었다. 그렇다면 무섭다. 청년들이 흥분해 총까지 들었다니, 무슨 일일까? 근데 후회될 일 하지 말라고 한다. 청년들은 왜 총을 들었지? 후회될 일이면 총을 들지 않았을 텐데….

총을 든 학생 청년 여러분!
총을 놓고 집에 돌아가십시오.
총을 들고 있으면 폭도로 오인됩니다.
군은 곧 소탕에 나섭니다.

내 생명 내가 지킵시다.

'곧 소탕한다고?'

총을 든 사람은 폭도로 여겨 소탕하다고 한다. 내 생명 내가 지키자고 한다. 정말 알쏭달쏭한 말이다. 광주 시내에 무슨 일이 벌어지긴 벌어진 모양이다.

하지만 광민이는 찐돌이가 물고 온 종이에 쓰인 무시무시한 말보다는 딸기가 얼마나 자랐는지가 더 궁금했다. 광민이는 종이 쪽지들을 한데 뭉쳐 구겨서 집어 던져 버린 뒤 딸기밭에 있는 아버지에게 갔다. 찐돌이가 뒤를 따랐다.

6.
딸기와 농구공

아버지는 알이 굵고 빛깔이 고운 딸기를 골라 따고 있었다. 광민이는 아버지의 딸기 바구니를 들여다보았다.

"아빠, 벌써 딸기가 익었어요?"

"어쩌다 한두 알씩…."

광민이가 알이 굵은 딸기를 하나 꺼내 들었다.

"야, 딸기가 벌써 탁구공만 헌데!"

"그런 것 몇 알만 뭉치믄 농구공도 될 것이여!"

아버지는 이번에 수확한 딸기를 내다 팔면 광민이 농구공을 사 줄 참이었다.

광민이는 아버지가 농구공을 들먹이자 얼굴이 붉어졌다. 광민이는 요즘 오로지 농구공 생각뿐이다. 어서 딸기가 자라 농구공을 살 수 있으면 좋겠다는 생각을 하루에도 몇 번씩 했다. 어쩌면 그런 광민이 속을 아버지가 알고 있는지 몰랐다.

'히히, 내 얼굴에 농구공이라고 써져 있나?'

광민이는 두 손으로 얼굴을 쓱 문질렀다.

어머니가 봄내 들과 산에서 나물을 뜯어다 시장에 내다 팔기는 했지만 봄나물 판 돈은 생활비로 쓰기에도 빠듯했다. 딸기를 내다 팔아야 그나마 농구공을 살 수 있는 것이다. 광민이도 집안 살림이 어떻게 돌아가는지 안다. 그래서 막무가내로 조르지 않는다.

딸기는 아직 수확할 때가 되지 않았다. 한창 자라고 있는 중이다. 그런데도 아버지는 광민이 속을 알아채고 몇 알이라도 먼저 내다 팔려고 딸기밭 고랑을 오가는 중이다.

아버지는 골라낸 딸기를 플라스틱 소쿠리에 담은 뒤 밭둑가에 끌어다 둔 손수레에 실었다. 손수레 짐칸이 반도 차지 않았다. 아버지는 손수레를 끌고 시내 쪽으로 나갈 생각이다. 첫물이라 얼마 되지 않아도 적잖게 돈이 될 것 같았다. 아직 딸기 맛을 본격적으로 보기엔 좀 이른 때라 사람들이 더 반가워할지도 모른다는 생각이 든 것이다.

광민이는 학교가 끝나자마자 딸기밭으로 갔다. 딸기밭에 엎드려 있던 아버지가 허리를 펴며 광민이에게 말을 건넸다.

"학교 끝났냐? 왜 집으로 가지 않고 밭으로 바로 왔냐?"

"아빠랑 같이 딸기 팔러 가려고…."

"아녀. 아빠 혼자서 얼른 팔고 올게."

어쩐지 오늘은 아버지를 따라 가고 싶었다. 하지만 그런 마음이 농구공 때문이라는 게 그냥 드러날 것 같아 광민이는 고집을 더 부리지 않았다.

결국 아버지 혼자서 딸기 실은 손수레를 끌고 시내 쪽으로 들어갔다.

아버지 생각이 옳았다. 사람들은 올 들어 처음 보는 딸기라 무척 반가워했다. 광주 시내 멀리까지 갈 필요도 없이 시내에 들어가자마자 딸기가 다 팔렸다.

"딸기가 더 있었어도 다 팔았을 틴디 아쉽구먼!"

아버지는 입맛을 쩝쩝 다시면서 무척 아쉬워했다. 하지만 이 정도 벌이도 어딘가. 올 딸기 장사도 잘될 것 같아 발걸음이 가벼웠다.

집에 돌아오는 길에 아버지는 광민이 학교 앞 문방구점에 들렀다. 제대로 된 농구공을 사자면 광주 시내의 큰 체육사에 가야할 것이다. 그러나 학교 앞 문방구점엔 아이들이 좋아하거나 필요로 하는 것이면 무엇이든 웬만큼 다 있다.

아버지는 문방구점에 들어서자마자 가게 안 여기저기에 걸린 물건을 둘러보았다. 이 구석 저 구석 눈을 번뜩이며 돌아보던 아버지가 가게 주인에게 물었다.

"혹시 농구공 있는가 모르겄소."

주인이 시큰둥하게 대답했다.

"어른용은 없는디요."

문방구점 주인은 아버지가 농구를 하리라 생각한 모양이었다. 아버지가 다시 말했다.

"아니, 우리 애가 쓸 만한 것이 있나 싶어서 물어본 거요…."

"애가 몇 학년인디요?"

"중핵교 1학년입니다."

"중1이믄 이 정도 크기믄 충분허겄는디요."

문방구점 주인은 유리로 된 진열대 아래에서 비닐에 싸여 있는 농구공을 계산대 위에 꺼내 놓으며 고개를 끄덕였다. 아버지도 공을 보고 고개를 끄덕였다.

아버지는 빈 수레 짐칸에 농구공을 싣고 길을 되짚었다. 농구공은 비닐을 그대로 두른 채 짐칸 안 여기저기를 굴러다녔다. 농구공에게 손수레 짐칸은 어쩌면 농구장인지도 몰랐다.

손수레 짐칸에서 농구공이 제멋대로 구르며 소리를 내자 아버지가 짐칸에 눈길을 던지며 빙그레 웃었다. 하늘에선 아무런 소리가 나지 않았다.

7.
찐돌이와 농구를!

해가 지기는커녕 아직도 훤했다. 일찌감치 딸기를 다 팔고 빈 수레를 끌고 집에 온 아버지가 마당 구석에서 찐돌이와 놀고 있는 광민이를 불렀다.

"광민아, 여그, 농구공!"

광민이는 농구공이 반가우면서도 노골적으로 좋은 티를 못 내고 천연덕스럽게 물었다.

"어? 아빠, 웬 공이여?"

아버지가 농구공을 광민이에게 던졌다. 농구공은 비닐도 아직 벗기지 않은 채였다. 광민이가 재빠르게 농구공을 두 손으로 받아 안았다. 아버지와 농구공을 번갈아 보는 광민이 입이 함지박만 하게 벌어졌다.

"아빠, 이 농구공 내 거 맞어?"

"그럼!"

광민이가 찐돌이를 보고 농구공을 가볍게 던졌다. 찐돌이가 머리를 숙이는가 싶더니 앞발로 농구공을 감싸 안았다. 찐돌이가 농구공을 굴리며 마당을 돌았다.

"야, 찐돌아! 그 공은 축구공이 아녀. 농구공이여!"

광민이는 찐돌이에게서 농구공을 받아 땅바닥에 서너 번 내리쳤다. 농구공이 다시 위로 튕겨 올랐다.

"농구공은 축구공처럼 굴리는 게 아녀! 튕기는 거여! 잘 봐라잉!"

광민이는 농구공을 싸고 있는 비닐을 벗겨 낸 뒤 손바닥으로 농구공을 땅바닥에 튕기며 마당을 돌았다. 찐돌이도 좋은지 광민이 뒤를 겅중겅중 쫓았다.

농구공을 튕기며 마당을 서너 바퀴 돈 뒤 광민이가 헐떡이며 주저앉았다. 찐돌이도 광민이 곁으로 와 앉았다.

"찐돌아, 인자 농구 어떻게 허는 줄 알겄어?"

찐돌이가 고개를 끄덕였다.

광민이가 농구라 했지만, 사실은 찐돌이에게 농구공 자랑을 한 것이다. 광민이는 찐돌이에게라도 자랑을 할 수 있어 좋았다.

"히히, 농구공은 축구공보다 더 큰데도 축구공보다 더 가벼워.

위로 잘 튀어 오르게 생겼단께. 니도 한번 만져 볼래?”

찐돌이가 앞발을 내밀었다. 광민이는 찐돌이 앞발을 농구공 위에 얹어 주었다. 찐돌이가 농구공을 온몸으로 감싸듯이 안았다.

광민이가 자리에서 일어나 농구공을 땅바닥에 다시 튕겼다. 이번엔 양손으로 공을 튕기며 가랑이 사이로 번갈아 공을 집어넣었다 빼냈다 했다. 찐돌이도 하고 싶어 하는 것 같아서 농구공을 찐돌이에게 넘겼다.

찐돌이는 앞발과 턱으로 농구공을 튕겼다. 하지만 번번이 잘 되지 않고 공이 앞으로 데구루루 굴러가 버렸다. 그때마다 찐돌이가 공을 다시 끌고 와 다시 해 보았다. 그러나 공은 역시 데굴데굴 굴러가 버렸다.

“찐돌이 니는 튕기는 것이 어려운 모양이다. 나는 이제 잘허는디! 내가 다시 해 볼게 잘 봐라잉!”

광민이가 다시 공을 튕겼다. 이번엔 단순히 튕기는 데에 그치지 않고 양 가랑이를 번갈아 치켜들며 공을 가랑이 사이에 넣었다 빼냈다 하기도 했다.

찐돌이가 다시 공을 받아 튕겨 보았다. 튕기는 게 잘되지 않았다. 그래서 찐돌이는 끝내 뒷다리 사이로 공을 집어넣었다 빼냈다 하지 못하고 말았다.

“농구를 어떻게 허는지 보여 줄게. 잘 봐라잉!”

광민이는 하늘 높이 공을 던졌다가 다시 받았다. 감나무보다 더 높이 하늘로 올라갔다. 찐돌이가 공을 따라 고개를 길게 뺐다가, 돌리다가 했다.

광민이는 이번엔 마당 끝으로 공을 던졌다.

"저 구석으로 내가 공을 던지믄 찐돌이 니가 가서 가져오믄 돼야!"

찐돌이는 광민이가 공을 던지기도 전에 뛰어나갈 준비를 했다. 광민이가 이번엔 마당 구석으로 공을 던졌다. 공보다 먼저 찐돌이가 달려 나갔다. 찐돌이는 광민이가 던진 공이 올 자리에 미리 가서 기다리더니 공이 오자 다시 몰고 광민이에게 왔다. 광민이와 찐돌이는 공 던지고 가져오기를 몇 차례 되풀이했다.

찐돌이는 공을 가져오는 일에 있어선 선수였다. 광민이가 이 구석 저 구석으로 마구 던져도 찐돌이는 짜증 한 번 내지 않고 달려가 공을 잘 가져왔다. 그런데 찐돌이는 공을 앞발로 굴리기는 했지만 튕기지는 못했다. 찐돌이가 농구공을 튕기려 할 때마다 공은 찐돌이에게서 떨어져 데굴데굴 굴러가 버렸다.

공을 다시 잡은 찐돌이가 품듯이 깔고 앉았다.

광민이가 배꼽을 잡으며 웃었다.

"야 찐돌아, 농구공은 의자가 아녀! 그 위에 앉는 거 아니란께!"

찐돌이는 농구공을 타고 앉듯이 하는 게 좋은 모양이었다.

광민이는 저녁에 잘 때도 농구공을 껴안고 잤다.

다음 날 아침에도 일찌감치 일어나 농구공을 가지고 놀았다.

창고에 쥐가 없어 찐돌이도 아침 시간이 한가해져 광민이와 같이 놀 수 있었다.

"찐돌아 니도 쥐 잡는 것보다 농구공 가지고 노는 것이 더 재미있지? 나는 농구가 세상에서 제일로 재미있단게!"

광민이는 친구에게 말하듯이 찐돌이에게 자기 속마음을 털어놓았다. 찐돌이는 대답 대신 고개를 끄덕였다.

광민이는 학교에 갈 때도 농구공을 한 팔에 껴안고 갔다.

"학교에 가믄 애들헌티 자랑해야지!"

운동장 구석에 농구대가 서 있다. 축구 골대가 서 있는 뒤쪽이다.

농구 골대엔 그물망이 있다. 축구 골대는 'ㄷ' 자를 모로 세워 놓은 듯한데, 골대에 그물이 씌워져 있지 않고 그냥 서 있다. 그런데 농구 골대에는 그물이 있어 쇠바퀴 안에 공을 집어 넣을 때마다 그물이 출렁거린다. 출렁거리는 그물을 보면 가슴이 다 시원하다. 어쩌면 아이들은 그 맛에 농구를 좋아하는지 모른다.

축구장은 넓은 운동장 전부다. 축구할 때 아이들은 드넓은 운동장을 휘젓고 다닐 수 있다. 하지만 농구장은 운동장 구석에 밀려나 있다. 농구는 공부터 축구공하고 다르고 축구보다 하는 아이들이 적어 운동장 바깥으로 밀려난 것 같다.

그런 건 아무래도 좋다. 광민이는 다른 아이가 가져온 농구공을 농구 골대에 넣을 때 그물이 출렁하는 그 느낌이 좋았다. 그런데 이젠 자기도 농구공이 생겼다. 아이들에게 실컷 자랑해도 되겠고,

맘껏 골대에 던져 넣어도 되겠다.

"농구는 꼭 바구니를 매달아 놓고 뭘 던져 넣는 것 같단께. 그래서 바구니공이라고 하는 모양이여…."

언젠가 영어 선생님이 농구를 서양에서는 바구니에 공을 넣는 운동이라서 '바스켓볼'이라 한다고 했다. 바구니에 감 같은 걸 집어 던지는 모양이라 그런 이름이 붙었다고 했다. 누가 지었는지 그 이름 한번 잘 지었다는 생각이 광민이 머리를 스쳤다.

광민이는 아침을 먹으면서도 학교에 가면 아이들한테 농구공 자랑하며 함께 농구할 생각을 했다. 생각만으로도 배가 불렀다. 입으로 먹는지 코로 먹는지 모르게 아침을 서둘러 먹은 광민이는 농구공을 안고서 집을 나섰다.

8.
짜장면

광민이가 학교에 다녀오자 어머니와 아버지, 두 분 다 집에 있었다. 광민이는 부모님이 밭에 있지 않고 집에 있는 게 이상했다.

"이 시간에 으째서 밭에 안 나가고 집에 계시다요?"

어머니가 웃으며 대답했다.

"너 오기 기다렸다."

"저 오믄 뭐하려고요?"

"오늘이 아빠 생일이잖여. 너 오믄 세 식구 시내에 나가서 짜장면이라도 먹고 올라고 기다렸제."

어머니의 말에 광민이는 깜짝 놀랐다.

"오늘이 아빠 생일이라고요? 지는 몰랐는디…."

광민이는 괜히 민망해서 아버지를 쳐다보며 머리를 긁적였다. 아버지가 웃으면서 고개를 크게 끄덕였다.

"나도 내 생일인 줄 몰랐어. 니 엄마가 생일날도 두더지맨치로 땅만 팔 거유 혀서 알았어. 생일인께 시내 나가서 짜장면이라도 먹고 오자고 혀서 널 기다리고 있었다."

어머니가 덧붙였다.

"니 아빠는 이녁 생일날에도 딸기밭에만 엎드려서 죽으나 사나 일만 허는 사람이여! 꼭 일만 헐라고 태어난 사람 같단께! 귀 빠진 날이라도 쉬엄쉬엄 일허야 안 쓰겄냐? 생일 핑계로 짜장면이라도 한 그릇 먹고 말이여."

아버지가 허허 웃으며 말했다.

"일 안 허믄 뭐헐 것이여? 원님 덕에 나발 분다더니, 내 생일을 핑계 삼어 짜장 먹게 생겼구먼!"

엄마가 밉지 않게 대거리했다.

"싫으요?"

"싫기는…."

세 식구는 짜장면을 먹으러 가기 위해 집을 나섰다. 식구들이 집을 나서자 찐돌이가 꼬리를 치며 광민이에게 다가왔다. 광민이가 찐돌이 머리를 쓰다듬으며 어머니 아버지를 바라보았다.

"찐돌이도 같이 데려 가요?"

"찐돌이는 집 봐야제."

아버지가 단호히 말했다.

광민이는 찐돌이에게 사람에게 하듯 말했다.

"찐돌아, 우리 짜장면 먹고 올 동안 집 잘 보고 있어!"

찐돌이가 알아들은 것처럼 꼬리를 살랑댔다.

세 식구는 광민이가 다니는 학교 길목에 있는 중화요리집으로 가기로 했다. 작년 어머니 생일 때 짜장면을 먹었으니 몇 달 만에 외식을 하는 셈이었다. 그때는 아버지가 엄마 생일이니까 짜장면 먹자고 했다. 광민이는 어머니 아버지가 서로 주고받는 것처럼 생일을 챙기는 게 좋아보였다. 자신은 부모님 생일을 전혀 기억하지 못하기에 더욱.

중화요리집으로 가는 길 중간에 있는 고등학교를 지났다. 세 식구는 고등학교 담벼락에 붙어 있는 벽보를 보았다.

고등학생 여러분!

역사의 흐름은 젊은 고교생들의 적극적인
민주화운동 참여를 요구하고 있습니다.
역사적으로 볼 때 광주 학생 독립운동, 4·19의거 등은
광주 고교생을 선구로 일어난 신성하고 거룩한 운동이었고
우리는 그들의 자랑스런 후배들인 것입니다.
타오르는 눈빛의 젊은 고교생들이여!

칠판을 바라보고 공부하는 것만이 학생의 전부는 아닙니다.
여러분은 천인공노할 살인마 ○○○의 만행을 알고 있음에도 불구하고
여러분들의 부모 형제 동생이 그들의 흉측한 총칼에 쓰러지는 것을
그대로 방관만 할 것입니까.
여러분, 조국의 민주화는 앉아서 되는 것이 아닙니다.
누가 거저 주는 것도 아닙니다.
그것은 피를 마시고 사는 흡혈귀와 같아서
숭고한 피의 대가 없이는 이루어질 수 없는 것입니다.
여러분!
조국의 민주화를 위해 선혈을 뿌린 학생 시민들의
진정한 뜻을 깨닫고 참다운 삶의 가치만을
냉철한 이성으로 판단하여
조국의 민주화가 이룩될 때까지 끝까지 투쟁합시다.

고교생 일동

'역사의 흐름? 민주화운동? 조국의 민주화?'

광민이는 벽보에 붙은 말들을 되새겨 보았다. 그러나 좀체 가닥이 잘 잡히지는 않았다.

요즘 세상이 시끄럽다고 하는데 고등학생까지 나설 정도로 시끄러운 모양이다, 라고 짐작만 할 뿐이었다.

아버지는 벽보를 한참 들여다보고 나서 광민이에게 한마디 했다.
"니 고등학교 댕길 때엔 이런 것 안 붙어야 쓰는디…."

9.
찐돌이, 뱀에 물리다

창고에 쥐가 없어져 찐돌이가 굳이 창고 문 앞을 지키지 않아도 된다. 그러자 찐돌이는 광민이가 학교에 갈 때 같이 따라나섰다.

원래 찐돌이는 광민이가 학교에 갈 때면 먼저 광민이 앞을 헤치고 나가면서 길을 안내해 주었다. 굳이 찐돌이가 그렇게 하지 않아도 뻔히 아는 길이라 눈을 감고도 쉽게 갈 수 있는 길이다. 그러나 찐돌이가 앞장을 서면 등굣길이 훨씬 든든했다. 어머니 아버지는 국민학교 입학 무렵에만 몇 번 학교에 데려다 주었다. 그 뒤에는 학교에 데려다 준 적이 없다. 새벽부터 들에 나가야 하는 농사일에 바빠 그랬다. 중학교에 입학했을 땐 광민이도 바라지 않았다. 부모님 대신 그런 건 아니었지만 찐돌이는 광민이가 학교 가는 길에 늘 앞장을 섰다. 찐돌이는 쥐 잡는 날에만 광민이 등굣길을 같이하지 못했다. 그날엔 창고 앞에 죽치고 있어야 했으므로. 마침내 쥐 사냥이 다 끝났다.

광민이 한 팔엔 농구공이 안겨 있다. 찐돌이는 벌써 저 멀리 앞장서 가고 있다. 가끔 찐돌이는 뒤를 돌아보았다. 그때마다 광민이는 손을 흔들며 잘 따라가고 있으니 걱정 말라는 신호를 보냈다.

그렇게 한참 가고 있는데 찐돌이가 갑자기 멈춰 섰다. 찐돌이가 길 한가운데에 버티고 서서 마구 짖어 댔다.

"왜 그러냐 찐돌아?"

광민이는 찐돌이가 왜 그러는가 싶어 얼른 달려갔다. 찐돌이 앞에 기다란 뱀이 길을 가로막은 채 누워 있었다. 찐돌이는 뱀더러 한쪽으로 비키라고 짖는 것 같았다. 찐돌이가 아니었다면 광민이가 뱀을 바로 맞닥뜨렸을지 모른다.

길 한가운데에 있는 뱀의 고집도 어지간했다. 찐돌이가 아무리 짖어도 뱀은 그 자리에 길게 누워 꿈쩍도 하지 않았다. 짖어도 뱀이 비켜 주지 않자 찐돌이는 뱀의 허리를 콱 물었다. 아마 쥐를 패대기칠 때처럼 하려고 그런 것 같았다.

그러나 뱀은 쥐와 달랐다. 무엇보다도 길이가 길었다. 한 입에 몸뚱이 전체가 쉽게 물리지 않았다.

찐돌이가 뱀의 허리 부분을 물고 도리질을 하자 뱀의 반격이 시작되었다. 뱀이 찐돌이 목을 휘감은 것이다. 찐돌이는 목에서 뱀을 떼어 놓으려고 안간힘을 썼다. 그럴수록 뱀은 찐돌이 목을 더 조였다.

광민이는 주위를 둘러보았다. 막대기라도 어디 있나 싶어서였다. 나뭇가지라도 있으면 집어서 뱀을 쫓아야 할 것 같았다. 그러나 막대기로 쓸 만한 나뭇가지가 눈에 띄지 않았다. 광민이는 큼지막한 돌을 집어 들어 찐돌이 목을 감고 있는 뱀을 몇 차례 찍었다. 그래도 뱀은 찐돌이 목을 풀어 주지 않았다. 그런 어느 순간 찐돌이가 '켕' 하는 비명 소리를 냈다. 뱀이 찐돌이 발을 문 것이다. 뱀은 찐돌이의 앞발 한쪽을 물고 나서야 스르르 몸을 풀어 길 가장자리 풀숲 쪽으로 사라졌다.

찐돌이의 발이 조금씩 부풀어 올랐다. 뱀독이 퍼지는 것 같았다.

뱀이나 지네에 물리면 심장으로 독이 퍼지지 않게 팔이나 발을 동여매야 한다던 담임선생님과 마을 어른들의 말이 광민이 머릿속을 스쳤다. 그런 말을 들을 땐 건성이었는데, 용케도 그 말이 마침 떠올랐다.

광민이는 책가방이랑 농구공을 길바닥에 내려놓은 뒤 가방을 뒤졌다. 혹시 노끈 같은 게 가방 속에 들어 있나 싶어서였다. 그러나 가방 안에 노끈으로 쓸 만한 줄은 없었다. 마침 그때 신고 있는 운동화의 끈이 눈에 들어왔다. 광민이는 됐다 싶어 잠깐의 망설임도 없이 운동화 끈을 풀었다.

운동화 끈은 아주 맞춤이나 한 듯이 찐돌이 발을 동여매기에 좋았다. 광민이는 운동화 끈으로 찐돌이 발을 몇 번 감은 뒤 매듭을 단단히 지었다.

찐돌이의 발이 어른 팔뚝보다 더 굵게 부풀어 올랐다. 운동화 끈이 부푼 살에 박히는 것처럼 되었다. 광민이는 몇 번이나 운동화 끈이 단단히 매여 있는지 확인했다. 광민이가 찐돌이 엉덩이를 토닥거렸다.

"찐돌아 많이 아프제? 쪼끔만 참아라잉. 이젠 괜찮을 거여. 뱀독이 니 몸뚱이에 다 퍼지지는 않을 거여."

찐돌이가 일어나더니 걸어 보려고 뱀에 물린 발을 쳐들고서 세 발로 절뚝거렸다.

"찐돌아 억지로 걸을라고 허지 마! 움직이믄 독이 더 빨리 퍼진디야."

아무래도 찐돌이랑 같이 학교에 가기는 그른 것 같았다. 학교에 가기보단 오히려 찐돌이를 집에 데려다주어야 할 것 같았다.

광민이는 책가방이랑 농구공을 길가에 그대로 둔 뒤 찐돌이를 안았다. 그러나 찐돌이를 안아 올릴 수 없었다.

"얼마 전까지만도 니는 강아지였는디! 인자는 무거워서 내가 안을 수도 없다잉! 니 무지 커 부렸다잉!"

찐돌이가 '쿵' 소리를 내며 모로 쓰러졌다.

"찐돌아 안 돼! 정신 잃으믄 안 된단 말이여."

광민이는 찐돌이를 마구 흔들었다.

광민이는 어떡하든 찐돌이를 안으려고 한 번 더 들어 보았다. 그러나 찐돌이 몸이 축 쳐져 있는 까닭에 아까보다 더 무거웠다. 광민이는 찐돌이를 어찌해야 하나 잠깐 고민했다. 다시 생각해 보아도 달리 방법이 없었다. 집에 가서 손수레를 가져오는 수밖에 없었다. 광민이는 어제 아버지가 딸기 팔러 갈 때 몰고 간 수레를 떠올렸다.

광민이는 집으로 마구 달려갔다.

숨이 턱에 닿게 달려간 광민이는 집 앞 길가에 있는 아버지 손수레를 쏜살같이 끌고 다시 찐돌이에게 왔다.

"찐돌아 여그 타 봐라잉!"

하지만 찐돌이는 자기 힘으로 손수레에 올라가지 못했다. 광민이는 수레 짐칸에 찐돌이를 가까스로 들어 올려 밀어 넣었다.

하루 사이에 손수레는 딸기를 태우기도 했고, 농구공을 태우기도 했다. 이제 그 수레에 찐돌이가 탔다. 전혀 생각하지 못한 일이 일어났다. 광민이는 수레 짐칸에 농구공이랑 책가방도 같이 실었다.

광민이가 끄는 수레에 탄 찐돌이는 가만히 있었다. 농구공처럼 이리저리 굴러다니지 않았다. 그러니 시끄러운 소리가 나지 않았다. 찐돌이가 끙끙대는 소리만 났다.

광민이는 수레를 끌고 가다 한번씩 찐돌이를 돌아보았다. 짐칸의 찐돌이가 신음 소리를 내는 게 걱정스러웠다. 운동화 끈으로 찐돌이 발을 단단히 묶었지만, 찐돌이 몸에 뱀독이 아주 안 퍼지게 할 수는 없는 모양이었다.

집에 들어가자 어머니가 놀란 소리를 냈다.

"으째 학교 가다 수레를 끌고 왔냐?"

어머니가 손수레 짐칸을 들여다보았다. 손수레 짐칸에 찐돌이가 누워 있는 것을 본 어머니가 소스라치게 놀랐다.

"학교에 가다 말고 뭔 일이냐? 찐돌이는 뭣 땜시 여그 있다냐?"

10.
뱀독

아버지는 새벽부터 딸기밭에 엎드려 일을 하고 있었다. 딸기 모종을 심은 지가 오래되어 그런지 도랑이 메워져 버려서 물이 잘 안 빠지고 있었다.

"빗물이 잘 흘러가게 도랑을 다시 만들어야 쓰겄구먼…."

처음엔 손으로 도랑을 팠지만 아무래도 연장이 있어야 일을 쉽게 할 수 있을 것 같았다. 그래서 아버지는 집에 연장을 가지러 갔다. 아버지가 집에 도랑 파는 데에 필요한 연장을 가지러 왔다가 찐돌이 발이 부은 걸 보았다.

"엥? 찐돌이 발이 왜 그런디야?"

"뱀에 물렸어요."

광민이는 학교 가는 길에 일어난 일을 자세히 일렀다.

"큰일 날 뻔혔구먼!"

아버지는 부풀어 오른 찐돌이의 발을 들여다보더니 곧바로 찐돌이 발에 난 털을 헤쳤다. 이윽고 아버지는 찐돌이 발에서 뱀에 물린 자리를 찾아냈다. 아버지는 그 자리에 입을 갖다 댔다.

"아빠 뭐혀?"

아버지가 아무 대답을 하지 않았다.

잠시 뒤 아버지는 고개를 들더니 입에서 침을 뱉어 냈다.

"퉤!"

아버지는 그 동작을 몇 차례 되풀이했다.

"이제 독을 빼냈은께 좋아질 거다. 쪼깐만 더 지켜봐라잉."

아버지는 상처 자리에서 뱀독을 빨아낸 것이다.

"우리 아빠 최고!"

역시 어른은 다르다는 생각을 했다. 광민이 자신은 찐돌이에게서 뱀독을 빨아낸다는 생각은 못했다. 그러나 아버지는 뱀에 물렸다는 말을 듣자마자 조금도 망설이지 않고 바로 입으로 독을 빨아내는 거였다.

광민이는 찐돌이가 뱀에 물렸을 때 바로 뱀독을 빨아내 주지 못한 게 아쉬웠다. 미처 그 생각까지는 못한 것이다.

"아까 바로 뱀독을 빨아내 줄 걸…."

"애들은 뱀에 물린 상처에 함부로 입을 대지 않는 것이 좋제! 아빠 입엔 상처도 없고 헌데가 없어서 괜찮은 거여. 너는 무작정 입부터 갖다 대믄 안 된다. 자칫하믄 뱀독이 입안의 상처를 타고 들어갈 수 있거든."

아버지는 모르는 게 없었다.

광민이는 멋쩍어서 한마디 했다.

"나도 입에 상처 없는디!"

"그건 모를 일이여!"

아버지는 고개를 저었다. 이어 광민이가 단단히 묶어 놓은 운동화 끈을 느슨하게 풀어 주었다.

"너무 세게 묶어 놓았구나."

광민이가 볼멘소리를 냈다.

"단단히 묶어 두어야 다른 디로 독이 안 퍼지는 것 아녀요?"

아버지가 고개를 저었다.

"너무 세게 묶어 놓으믄 자칫 피가 아예 안 통할 수가 있제. 그땐 뱀에 물린 자리가 썩어 들어 갈 수도 있단께."

"잠깐인데 금세 썩기야 할라고요?"

"상하는 건 금방이여. 하여튼 피가 안 통하는 건 안 좋제!"

광민이는 거머리에 물린 적이 있다. 벌에 쏘인 적도 있다. 그러나 뱀에 물려 보지는 않았다. 그 대신 찐돌이가 뱀에 물린 것이다.

거머리에 물렸을 땐 가렵지 말라고 물린 자리에 어른들이 먹는 소주를 바르거나 된장을 바르기도 했다. 얼마나 효과가 있는지 몰라도 어른들이 그렇게 해 주었다. 벌에 쏘여 부풀어 오르면 어른들은 화학비료를 포대에서 한 줌 덜어 내어 물에 탔다. 포대 겉쪽에 암모니아 몇 퍼센트라고 써진 화학비료를 물에 녹여 그 물을 벌에 쏘인 자리에 발라 주기 위해서였다. 화학비료가 곁에 없을 땐 바로 오줌을 싸게 한 뒤 오줌물을 받아 벌 쏘인 자리에 바르게도 했다.

학교에 가서 농구를 신나게 하려던 계획은 찐돌이가 뱀에 물리는 바람에 틀어지고 말았다.

학교에서 돌아와 보니 찐돌이가 마당을 돌아다니고 있었다. 찐돌이는 아버지가 입으로 독을 빨아내서 그런지 더 나빠지지 않고 괜찮아진 모양이었다.

광민이는 딸기밭에 있는 아버지에게 달려가 찐돌이 상태를 알렸다. 아버지가 고개를 끄덕였다.

"봄이라 그나마 뱀독이 약해서 그 정도로 그친 거여."

"봄엔 뱀에 독이 별로 없다요?"

"아니, 있긴 있제만 뱀도 겨우내 잠을 자느라 기운이 없을 거 아니냐. 그란께 독도 지 맘대로 맘껏 뿜어내진 못허지."

"그라믄 여름엔 잘 먹으니 독도 많겄구먼요?"

"응. 여름 되믄 개구리니 뭐니 해서 들녘에 뱀이 먹을 것 천지잖여!"

"그럼 여름 뱀을 조심허야겄네요."

"물론 여름 뱀을 조심혀야겄지. 근디 여름 뱀보다 가을 뱀을 더 조심혀야 된다. 가을엔 뱀독이 잔뜩 올라 있을 때여. 겨우내 아무 것도 안 먹고 잠만 잘라믄 미리 많이 먹어 두어야 허거든. 그래서 그때 뱀헌티 물리믄 쉽지 않어."

아버지는 손은 부지런히 딸기를 만지면서도 입으로는 광민이가 궁금해 할 만한 것을 열심히 설명해 주었다. 무엇보다도 뱀에겐 물리지 않는 게 최고라고 했다.

"세상일이 다 그렇제만 벌어지기 전에 예방하는 게 최고여! 뱀은 건들지 않으믄 지가 먼저 스르르 한쪽으로 가부러. 절대로 먼저 물려고 달려들지 않제. 그란디 뱀을 만나믄 다들 당황해서 괜히 건들게 돼야. 그러다가 물리제!"

"찐돌이도 아마 당황해서 마구 짖어 댔을 거여요."

"그래서 뱀도 같이 당황했겄지. 뱀이 문 것도 당황해서여…."

"벌도 그렇다믄서요?"

"그렇제. 벌도 먼저 건들지 않고 가만히 있으믄 여간해선 쏘지 않제."

"난 가만히 있었는디…."

광민이는 오래전 벌에 쏘일 때를 떠올려 보았다. 벌집을 건든 것도 아닌데 벌이 날아와 쏜 것 같았다.

"그랬다믄, 니는 가만히 있었는디도 벌들이 해코지당할까 봐 불안했던 거여! 그려서 쏘았겄지."

아버지는 벌의 처지에서 말했다.

"그럼 거머리는요?"

거머리는 건들지 않아도 무작정 물었던 것 같았다.

"거머리는 물어서 떨어지지 않는 게 지들이 맨날 허는 일이라서…. 그란께 일단 물리지 않도록 조심혀라잉."

"가만히 있어도, 곁을 지나가기만 혀도 거머리는 달라붙던디?"

"거머리는 그라제. 시방 광주 시내도 거머리들이 많은가 비여…."

아버지는 알쏭달쏭한 말을 뱉은 뒤 딸기를 들여다보고 있던 고개를 들어 시내 쪽을 오래오래 바라보았다.

11.
봄날의 내력

아버지는 시내에서 시끄러운 소리가 들려도 봄이면 으레 그러려니 생각했다. 그렇기에 시내에서 마을로 이상한 소문이 날아들수록 딸기농사에만 더욱 매달렸다.

"올봄에도 딸기값이 괜찮어야 될 틴디…."

아버지는 딸기가 어찌 될 것인지, 오로지 그것에만 정신이 팔려 있는 것처럼 느껴졌다. 어머니는 아버지의 조바심을 애써 덤덤히 받아주었다.

"다른 봄하고 특별히 뭐 다를라고요."

"그라믄 다행이제만…."

아버지 바람이 말 속에 들어 있었다.

오늘은 아버지가 올 들어 두 번째로 딸기를 내다 파는 날이다. 아버지와 어머니는 새벽 일찍부터 딸기밭에 나가 잘 여문 딸기를 골라 상자에 담는 작업을 했다. 광민이는 학교 갈 준비를 하고, 그 새 뱀독에서 많이 풀린 찐돌이는 창고 주변을 어슬렁어슬렁 돌아다녔다.

책가방이랑 농구공을 챙겨 든 광민이가 찐돌이에게 일렀다.

"찐돌아, 아직 니는 움직이믄 안 돼야. 그란께 밖으로 쏘다니지 말고 집에 있어라잉. 알겄제? 나 학교 갔다 올게!"

찐돌이가 알아들었다는 뜻으로 꼬리를 살랑살랑 흔들었다. 광민이는 찐돌이 머리를 한번 쓰다듬어 준 뒤 집을 나섰다.

마을 앞 딸기밭에 아버지와 어머니가 엎드려 있는 게 보였다. 광민이는 학교 간다는 신호로 밭 쪽을 보고 손을 한번 흔들었다. 아버지 어머니한테서 아무런 반응이 없었다. 아무래도 아버지 어머니는 광민이를 보지 않고 딸기만 들여다보고 있는 성싶었다.

찐돌이 없이 혼자서 학교 가는 기분이 조금은 낯설었다. 찐돌이가 창고의 쥐를 잡느라 바쁠 때에도 혼자서 다니던 길이었는데 말이다.

중학생이 된 뒤부턴 국민학교에 다니는 마을의 다른 아이들과 등교시간이 달라 따로따로 학교에 간다. 광민이도 아이들 틈에 먼저 끼어들지 않는다.

하영이가 자전거를 타고 지나갔다. 하영이는 국민학교 때엔 6년 내내 줄곧 같은 반이었다. 중학교는 여중 남중으로 갈려서 하영이하곤 학교가 달라졌다. 더군다나 하영이는 늘 자전거를 타고 혼자서 씽씽 가는 바람에 광민이는 하영이하고 중학생이 된 뒤엔 별로 말도 나누지 않았다.

하영이 할아버지하고 광민이 할아버지는 일제강점기 때 일본 땅 어느 탄광으로 같은 날 강제로 징용되었다. 그때도 봄날이었단다.

그때 두 할아버지는 서로 의지하며 살아서 고향에 돌아가자고 날마다 다짐했단다. 그러던 차에 일본이 연합군에게 패망하자 해방 조국에 돌아올 수 있었다. 그래서 친형제 이상으로 친하게 지냈다. 하영이 아버지와 광민이 아버지도 자기네들 아버지처럼 친형제처럼 지낸다. 그렇지만 하영이와 광민이는 지금 친하다고 할 수 없다. 국민학교 때엔 꽤 친했는데, 지금은 그렇지 않다. 그때는 남자 여자 따지지 않아서 그랬는지 모른다. 그런데 지금은 가까이 있으면 둘 다 쑥스러워 하고 어색해 한다.

광민이는 하영이보다 찐돌이가 더 좋다. 찐돌이가 없었다면 다른 아이들하고도, 같은 학년인 하영이하고도 가까이 지냈을지 모른다. 하지만 찐돌이만 있으면 하나도 심심하지 않아 광민이는 굳이 아이들에게 다가가지 않는다.

하루 종일 딸기밭에서 잘 여문 딸기를 추린 아버지와 어머니는 딸기를 손수레에 옮겨 실었다. 손수레에 실린 딸기는 오늘 안으로 다 팔아야 한다. 그렇지 않으면 짓물러서 먹을 수가 없다.

12.
딸기 장수 아버지

잘 여문 딸기를 많이 추리다 보니 해가 서쪽으로 설핏 넘어갔다. 아버지는 딸기 수레를 끌고 시내로 나갔다. 이제부터는 딸기 농부가 아니라 딸기 장수를 해야 하는 시간이다.

"이 딸기로 말할 것 같으믄, 온상 딸기이기는 허나 금비 한 주먹 안 주고 퇴비만 주고 키운 천연 딸기입니다. 와서 맛 보시고, 좋다고 여겨지믄 사 가시기 바랍니다."

아버지는 화학비료를 안 주고 자연비료만 주었다는 걸 강조하고 천연 딸기라면서 사 가라고 외쳤다. 그러나 사람들은 잔뜩 얼굴을 찌푸린 채 저마다 제 갈 길만 종종거리며 갔지, 딸기 수레에 쉽게 다가오지 않았다.

"으짠 일일까? 다들 정신이 딴 디 가 있는 것 같단께. 다른 때 같으믄 철 이른 딸기 나왔다고 다들 좋아하믄서 사 갔을 틴디…."

맞는 말이었다. 다른 봄엔 없어서 못 팔았다. 절기보다 이르게 나온 딸기를 보면 사람들은 다들 입맛을 다셨다. 늦은 봄이나 되어야 겨우 맛보던 딸기가 더 이르게 나왔으니, 다들 군침을 삼킬 만했다. 겨우내 신선한 과일을 맛보지 못한 입이기에 그랬을 것이다. 그런데 오늘은 사람들 표정이 좀 이상하다. 하나같이 딸기 수레에 눈길을 잘 주지 않는다.

아버지는 아무래도 본격적인 장사꾼 티를 내야 할 것 같은 느낌이 들었다. 그렇다면…. 일단 사람들을 끌어와야 했다. 그래서 너스레를 떨기 시작했다.

"자, 자, 와서 맛보십시오. 입으로 맛보시기도 전에, 눈으로만 봐도 절로 입안에 군침이 도는 딸기입니다. 색깔은 춘향이 입술보다 더 붉고, 크기는 몽룡이 주먹보다 더 큽니다. 맛은 호랑이도 무서워한 곶감보다 더 좋습니다. 맛이 기가 막힌 딸기, 한 봉지씩 사 가시기 바랍니다. 자, 자, 와서 보시기 바랍니다. 보시는 데는 돈 안 받습니다!"

아버지는 있는 말 없는 말 다 섞어 너스레를 떨었다. 장터에서 옷 장수가 하듯이 손뼉을 치며 발을 구르기도 했다. 그렇게 해도 딸기가 다 팔리지 않았다. 예전엔 그렇게 하지 않아도 오가는 사람들이 한 봉지씩 사주어 쉽게 한 수레를 다 비워 냈다. 그런데 오늘은 딸기 수레를 비우는 게 너무 힘들었다.

있는 너스레 없는 너스레를 다 떨었는데도 딸기를 다 팔지 못한 아버지는 남은 딸기를 싼값에 떨이로 넘기곤 했던 단골 식당으로 갔다.

딸기를 넘겨받은 아주머니가 먼저 물었다.

"오늘 많이 팔지 못한 모양이지라? 허긴 이 난리 통에 누가 딸기 사 먹겠소? 식당에도 손님이 안 오는디…. 딸기 받아 놔도 후식으로 내놓을 일이 있을란가 모르겄소만…."

아버지는 한쪽 식탁에 자리를 잡고 앉은 뒤 아주머니에게 다짜고짜 물었다.

"시내에 무슨 일이 있다요? 사람들이 죄다 시무룩한 표정을 짓고 다니고 있구먼요. 딸기도 잘 안 사 가네요."

아주머니가 깜짝 놀란 표정을 지었다.

"오메, 광민이 아빠는 소문도 못 들었는갑소?"

"무슨 소문 말이여?"

"참말로 딴 시상에서 온 사람이 여기 있구먼!"

"무슨 말씀인지…."

"아, 난리도 이런 난리가 어디 있겄소."

아버지는 뜨악한 표정을 지었다.

아주머니가 앞뒤 없이 덧붙였다.

"사람이 다치고 죽고, 진짜 난리가 났단께요."

아버지는 여전히 뜨악한 표정이었다. 아주머니는 그새 시내에서 일어난 일을 간단히 일러주었다.

"하늘엔 헬리콥터까정 날아 댕김시로 선무방송인가 뭔가 하는 것도 모지라 삐란지 뭔지 허는 종이 쪼가리까정 뿌리고 지랄이제라. 시내 도청 앞 신문사 빌딩엔 총질도 했는갑더라고요. 그라고 군인들은 길거리 지나댕기는 사람은 모다 몽둥이로 패거나 칼로 찌른다 안 허요? 처음엔 젊은이들이 많이 당혔는디, 시방은 젊은이 늙은이 가리지 않는다 헌께 광민이 아빠도 조심허셔야 되지라."

아버지가 고개를 끄덕였다.

"그냥 다른 봄 때처럼 올봄도 쪼깐 시끄러운 줄은 알았는디, 봄이믄 늘 시끄러워서 그런가 보다 혔는디, 그게 아녔구먼요."

"여그서 돌아다니믄 위험헌께 얼른 집으로 돌아가쇼."

아버지는 한 숟갈 남은 밥을 국에 말아 얼른 먹어 버린 뒤 식당을 나서며 아주머니에게 인사를 했다.

"그라믄 내일 뵙겄습니다!"

"내일 볼 수 있을란가 모르겄소."

"뭔 소리다요? 시방 딸기가 한창 대목인디, 이때 팔어야 허는디…. 철 넘기믄 낭팬디…."

"아, 시내에 통행금지가 생긴다 안 허요? 그란께 광민이 아빠도 딸기 장수를 할 수 있을란가 모른단께요."

아버지는 '통행금지'라는 말이 목에 걸린 생선 가시처럼 자꾸 불편했다. 시내에 통행금지가 걸리면 딸기를 팔 수가 없다. 내일이면 더 많은 딸기가 여물어 있을 텐데….

13.
호소문

아버지는 빈 수레를 끌고 타박타박 걸었다. 예전엔 없어서 못 팔던 딸기를 오늘은 다 팔지도 못하고 결국은 식당에 떨이로 넘겼다. 그래서 수레는 가벼워졌지만 아버지 발걸음은 가볍지 않았다. 한참 걷다 보니 사람들이 담벼락을 들여다보고 있었다. 큰 종이마다 '호소문'이라는 제목을 달고 굵직굵직한 글씨가 시커멓게 씌어 있었다.

광주 시민 여러분!
이것이 웬 말입니까?
이게 웬 날벼락이란 말입니까?

학생들을 총칼로 찔러 죽이고 몽둥이로 두들겨 팬 뒤 트럭에 실어 갔습니다.

어디로 갔는지도 모릅니다.

이제 우리가 살길은 모든 시민이 하나로 뭉치는 일입니다!

아버지는 담벼락에 나붙은 '호소문'을 하나하나 읽어 나갔다.

계엄군은 가짜애국

광주시민 진짜애국

계엄군은 폭도군인

광주시민 정당방어

계엄군은 미친개고

광주시민 선량백성

계엄군은 유언비어

광주시민 민주언어

계엄군은 독재유지

광주시민 민주투쟁

계엄군은 혼란조장

광주시민 질서유지

아버지는 한숨을 길게 내쉬었다. 나라의 군인인 계엄군과 광주

시민들이 붙어도 크게 붙은 것 같았다.

사람들은 담벼락에 나붙은 벽보를 보고 나서 저마다 한 마디씩 했다.

"으째 공기가 수상허다 혔더니만!"

"군인들이 휴전선은 안 지키고 광주에 와서 젊은이들을 잡고 있다고?"

"이대로 가만히 있다간 다 죽게 생겼네…."

다른 때엔 딸기를 다 팔고 집으로 돌아가는 길이 늘 즐거웠다. 빈 수레가 덜컹거리며 내는 소리도 아주 듣기 좋은 노랫소리 같았다. 수레 덜컹거리는 소리에 발걸음도 맞추고 콧노래 소리도 맞추었다. 그런데 오늘은 전혀 그럴 기분이 아니다. 딸기를 팔려고 너스레까지 떨며 애를 쓰느라 힘도 들었지만, 그보다는 담벼락 글을 읽은 사람들 표정이 너무나 어두웠기 때문이다. 게다가 식당에서 아주머니가 들려준 말은 발걸음을 더욱 무겁게 했다.

'사람들 표정이야 어둡지만 무슨 일이야 있겄어. 아주머니가 괜스레 걱정을 허고 있는 거겄지….'

아버지는 애써 좋은 쪽으로 생각을 하며 집으로 가는 길을 서둘렀다. 그러나 발걸음이 마음을 따라주지 않았다. 자꾸만 뒤에서 누군가가 목덜미를 잡아당기는 것 같았다. 아버지는 그런 느낌이 들 때마다 뒤를 돌아보았다. 그러나 뒤에는 아무도 없었다.

'내 마음이 왜 이런다냐? 몸이 허약해져서 그런다냐? 어서 집에

가서 쉬어야지. 쉬고 나믄 괜찮겄지.'

아버지는 울적한 기분을 떨쳐 버리려고 발걸음을 더욱 빨리했다. 하지만 여느 때와 달리 끝내 빨리 걸어지지 않았다.

무거운 발걸음을 이끌고 시내에서 마을로 들어가는 길목까지 왔다. 그런데 아까 시내로 들어올 때는 못 보았던 풍경이 펼쳐져 있었다.

딸기를 손수레에 싣고 시내에 나갈 때는 분명히 군인들 몇이 그야말로 오가는 사람을 느슨하게 바라보면서 그냥 지나가는 말투로 '무슨 일로 시내에 가십니까?'라고 건성으로 물었다. 그러면 '딸기 팔러 가요'라고 아무렇지 않게 대답하면 그만이었다. 그런데 지금 보니 바리케이드라고 하는 검문 시설이 제대로 둘러쳐져 있고, 그 너머엔 군용 차가 여러 대 있었다.

총을 허리에 걸쳐 들고 서 있는 군인이 머리에 손을 들어 경례를 한 뒤 말끝마다 힘을 주며 물었다.

"지금 어디 가시려고 그럽니까?"

"어디긴 어디요. 내 집에 갈라고 그러요."

"못 가십니다."

"아니, 뭣 땜시 못 간단 말이요?"

"위에서 시내 밖으로 아무도 내보내지 말라는 명령이 내려왔습니다."

"바로 저 마을에 집이 있는디 못 가요?"

아버지가 턱으로 마을을 가리켰다. 그러나 군인도 물러서지 않았다.

"아무리 그렇다 하더라도 지금은 시내 밖으로 못 나갑니다!"

"허 참. 내 집을 코앞에 두고 여그서 밤을 새우란 말이오?"

아버지는 어이가 없어 발을 동동 굴렀다. 아버지가 아무리 떼를 써도 군인은 들어주지 않고 앵무새처럼 같은 말만 되풀이했다.

"우리는 명령받은 대로만 합니다!"

아버지는 부아가 치밀어 올랐다.

"그놈의 명령, 되게 웃기는 명령이네!"

그런 말에도 군인은 꿈쩍하지 않았다.

"그라믄 여그서 낮이 될 때까지 밤을 다 새우고 기다려 봐야 집에 가든지 말든지 한다는 소리요?"

"그건 날이 새 봐야 압니다!"

군인은 끝까지 기계처럼 굴었다.

"허 참, 독 안에 든 쥐 신세라더니 넘의 일이 아니구먼!"

아버지는 자신이 지금 독 안에 든 쥐처럼 느껴졌다. 찐돌이가 창고에 든 쥐를 지키고 있을 때 그런 기분이 들었다. 아니, 사람들은 군인들이 시 바깥으로 물러나 길목을 지킨다고 하자 광주 시민들이 이제 독 안에 든 쥐 꼴이 되었다고 혀를 찼다. 그런데 바로 자신이 그런 신세가 되었으니, 아버지로선 기가 막히는 일이었다.

14.
나, 비형이오

집이 코앞인데도 검문소를 지나갈 수 없으니 아버지는 집에도 못 가고 검문소 주변에서 하릴없이 왔다 갔다 했다. 왔다 갔다 하면서 보니 큼지막한 입간판이 하나 눈에 들어왔다. 사람들이 거기 나붙어 있는 담화문을 읽고 있었다.

계엄포고령

1979년 10월 27일에 선포한 비상계엄이 계엄법 규정에 의하여
1980년 5월 17일 24시를 기하여 그 시행 지역을 대한민국
전 지역으로 변경함에 따라 현재 발효 중인 포고를

다음과 같이 변경한다.

얼핏 보니 전해에 대통령이 자기 부하의 총을 맞고 죽은 뒤부터 이미 시행하고 있는 계엄법을 전국적으로 적용한다는 말이었다.

무시무시한 말 밑으로는 국가의 안전보장과 공공의 안녕질서를 유지하기 위해 어쩌고저쩌고 하는 말이 '가, 나, 다, 라, 마, 바, 사' 항별로 나누어 나열되어 있었으며 맨 밑엔 '계엄사령관'이라는 글씨가 시커멓게 씌어 있었다. 담화문을 읽은 사람들이 웅성거렸다. 저마다 한 마디씩 내뱉느라 바빴다.

"뭔 말이여? 지들 허고 잪은 대로 허겄다는 말 아녀? 국민들은 아무 짓도 말고 아무 소리도 내지 말라는 것이네."

"계엄을 전국적으로 시행헌디야. 통행금지 시킬라고 별짓을 다 허네!"

"대학생들도 학교에 가지 마라는디."

"그란께 대학생들이 군인들헌티 대들었제. 내 학교 내가 맘대로 못 들어가는 것이 말이 되냐고!"

"말 안 되는 것이 한두 가지간디…. 죄다 말 안 되는 것들이제."

아버지는 담화문을 뒤로 하고, 바리케이드가 쳐져 있는 검문소 쪽으로 다시 갔다. 길목을 지키고 있는 군인에게 사정을 해 보기도 하고 윽박지르기도 해 보았지만 끝내 뜻을 이루지 못했다. 아무래도 오늘 집에 돌아가기는 그른 것 같았다. 여기서 날을 새야 할 것 같았다. 그렇지만 집에 전화가 없으니 이런 사정을 직접 알릴 수도 없었다.

아버지는 가까스로 공중전화를 찾은 뒤 이장 집에 전화를 걸기 위해 호주머니에 있는 동전을 전화 동전 투입구에 다 털어 넣었다. 전화 건너편에 이장이 나오자 딸기 장사를 마치고 광주시 외곽까지 다시 돌아오긴 했지만 광주시 밖으로는 나갈 수 없어 집에 가지 못해 이러고 있으니 대신 집에 전해 달라고 부탁했다.

이장 집에서 연락을 받은 어머니는 그러려니 했다. 세상이 시끄러워지면서 검문이 강화되어 아버지가 시내를 못 빠져나왔나 보다 했다. 광민이도 별로 대수롭지 않게 생각했다. 아버지 걱정보다는 내일 학교 끝나면 반 아이들이랑 농구하며 놀아야지 하는 생각을 더 많이 하고 있었다.

아버지는 거기에서 그냥 밤을 새울 수 없어 검문소 곁에 손수레를 세워 두고 다시 시내로 들어갔다. 저녁을 먹은 식당에 다시 들른 아버지는 집에 못 간 사정을 얘기하고 식당 방에서 하룻밤을 지낼 수 있게 해 달라고 했다.

"그렇게 허쇼. 어차피 손님도 일찍 끊어졌은께 여그서 자고 내일 날 밝으믄 그때 집에 가믄 쓰겄소."

식당 아주머니는 아버지 부탁을 선선히 들어주었다.

아주머니가 혀를 끌끌 차며 아버지를 바라보았다.

"통행금지 얘기가 돌더니만 당장 오늘 저녁부터 시행허는갑소."

아버지는 분이 안 풀려 몹시 못마땅한 말투로 대답했다.

"위에서 내려온 명령이라 헙디다!"

"누군가가가 명령을 내렸은께 통행금지도 헐 수 있겄지라. 말단 군인이 무슨 권한이 있겄소. 그란께 그 군인헌티 아무 감정 갖지 말고 여그서 푹 쉬쇼!"

아버지가 애써 픽 웃었다.

"내사 그런 졸병헌티 무슨 감정이 있겄소. 살다 살다 별스러운 일이 다 있어서 그러제. 하도 웃기는 명령이라 그러제!"

다음 날 아침, 식당 방에서 잠이 깬 아버지는 아주머니에게 인사를 하는 둥 마는 둥 하고선 다시 집으로 돌아가기 위해 발걸음을 서둘렀다.

무엇보다도 딸기밭이 걱정되었다. 빨갛게 여문 것은 바로 따서 팔아야 했다. 딸기는 다른 작물과 달리 오래 보관을 할 수 없다. 익으면 바로 먹어야 한다. 그렇지 않으면 물러져서 바로 곯아 버리기 일쑤다. 어쩌면 오늘 딴 딸기를 다시 싣고 시내로 들어와 팔아야 할지도 모른다.

아버지는 집으로 빨리 돌아가기 위해 걸음을 재게 놀렸다. 한참 걷다 보니 사람들이 길게 늘어서 있는 데가 나왔다. 늘 다니던, 집에서 가장 가까운 병원이었다.

"뭔 일이다냐?"

아버지는 무슨 일인가 싶어 사람들이 길게 줄지어 서 있는 곳에

다가갔다. 늘어서 있는 사람들에게 아버지가 물었다.

"뭔 사람들이 이렇게 줄을 지어 서 있다요?"

사람들이 아버지를 바라보았다. 다들 의아한 표정을 짓고 있었다. 아버지는 정말로 궁금해졌다.

"무슨 줄이다요?"

그때서야 비로소 줄 가운데에 있던 한 사람이 대답해 주었다.

"헌혈할라고 이렇게 서 있는 것 아니오."

"헌혈이라믄, 피 뽑는 것 말이오?"

"그렇소."

"근데 이렇게 많은 사람들 피를 뽑아서 어디다 쓴다요?"

사람들이 아버지를 이상한 사람이라며 수군댔다. 나이가 제법 든 남자가 아버지를 보며 점잖게 말했다.

"거참, 그 양반 생기기는 멀쩡허구먼, 어디 딴 디서 살다 왔소?"

"나는 광주 바깥에서 사는디요…."

"그라요? 그라믄 그쪽도 소문 나서 대충은 알 틴디…. 우리가 왜 피를 뽑는지 진짜로 모른단 말이오?"

"나는 진짜로 모르는디요. 사람 몇 다쳤다고 이렇게 많은 사람들이 다 피를 뽑을 필요가 있을까 싶은디…."

"몇 사람만 다쳤으믄 피가 모자라겄소. 다친 사람이 허벌나게 많은께 피가 모자라는 것이제."

아버지가 머리를 긁적이며 머쓱하게 대답하는 사이 다른 아저씨가 시무룩한 표정으로 말했다.

바로 그때였다. 흰 가운을 걸친 젊은 여자가 안에서 나와 외쳤다.

"비형 피를 가지신 분 계십니까?"

사람들이 웅성거렸다.

"나는 에이형인데."

"나는 에비형이고만"

가만 생각해 보니 아버지 자신의 피가 B형이었다.

"나, 비형이오!"

아버지는 무작정 안으로 들어가며 다른 사람들처럼 팔을 걷어 붙였다.

15.
통행금지

병원 안으로 들어가서 보니 철제 침대가 여러 개 놓여 있었다.

여느 때와 달리 깨끗하고 하얀 천으로 씌워져 있지 않은 병원 침대를 보니 상황이 매우 급하다는 것을 알 수 있었다. 사람들이 많이 다치고 죽어 간다고 하지 않은가.

수술을 하자면 피가 많이 드는데 헌혈을 하지 않으면 병원이 준비한 피가 턱없이 부족해 피를 다 댈 수가 없단다. 그렇다면 많은 사람이 다친 게 틀림없었다. 아버지는 사정을 잘 모르지만 일단 헌혈을 했다. 마침 자신의 피가 병원에서 찾는 B형이었다.

아버지는 엉겁결에 헌혈을 했지만 다음으로 무엇을 해야 할지 망설였다.

'어떡하든 집으로 가야겄제.'

'헌혈 줄에 서 있던 사람들 말로는 시내 밖으로 개미 새끼 한 마리도 못 나가게 길목마다 군인들이 보초를 서고 있다는디….'

아무래도 집으로 돌아가야 할 것 같았다. 그래서 아버지는 병원을 빠져나와 마을이 있는 쪽으로 걷기 시작했다. 검문소가 설치된 길목에 이르자 아버지는 눈을 크게 떴다. 어제 낮에는 물론 밤에도 보지 못했던 장갑차 같은 게 검문소를 지키고 있었다. 검문소 옆에 두었던 손수레는 길 가장자리로 밀려나 있었다.

'어젯밤에 보초 선 군인은 낮에는 나갈 수 있다는 뜻으로 말혔지….'

아버지는 그 말을 떠올리며 검문소 가까이 갔다.

"뭐요?"

철모로 얼굴을 반 넘게 가린 군인 하나가 거칠게 대하며 다짜고짜 앞을 가로막았다.

"나, 저 건넛마을에 사는 사람인디 집에 가려고 왔소."

"못 나갑니다."

"엎드리믄 코 닿는 덴디 살짝 나가믄 안 되겄소?"

"지금 가깝든 멀든 그게 중요한 게 아닙니다."

"아니, 엊저녁에도 안 내보내 주더니 낮에는 왜 안 되는 것이여?"

"위에서 아무도 시내 밖으로 내보내지 말라는 명령이 내려왔습니다.”

“명령?”

아버지는 코웃음이 나왔다. 엊저녁에 검문을 하던 군인도 똑같은 말을 했다. 아버지는 검문소 앞에서 서성였다. 독 안에 든 쥐가 따로 없었다. 집을 바로 코앞에 두고도 갈 수가 없다. 군인들은 창고 문을 지키던 찐돌이보다 더 단단히 검문소를 지키고 있었다. 허리에 총까지 세우고서.

군인들 옆에는 입간판 비슷한 게 서 있었다. 입간판엔 담벼락에서 본 ‘호소문’ 같은 벽보가 붙어 있었다. 아버지는 그 종이에 써진 글자를 읽어 나갔다.

전남북 계엄분소에서 시민 여러분께 알려드립니다

• 본의 아니게 폭도들로부터 무기를 획득한 시민은 무기를 잘 보관하였다가 군에서 별도 지시가 있을 때 반납하여 주시기 바랍니다.

*　　　　*

• 폭도들에 합류한 선량한 시민이나 학생은 즉시 귀가하십시오.

*　　　　*

• 불법 무기를 자진 반납하거나 자수한 시민은 신분을 절대 보장합니다.

주변에 불법으로 무기를 소지한 자나 난동을 주동한 자를 눈여겨 보았다가 사태가 정상화되면 군부대에 신고하여 주시기 바랍니다.

*　　　　*

- 오후 8시 이후 빈 거리를 방황하는 자는 무조건 폭도로 간주하겠으니 밤에는 일절 외출을 하지 마십시오.

*　　　　*

- **폭도들에게 알린다.**
  폭도들은 즉시 자수하라.
  자수한 자는 생명을 보장한다.

아버지는 자신이 폭도도 아니고 무기도 가지고 있지 않으므로 다시 한 번 검문소를 지키는 군인에게 가서 집에 보내 달라고 했다.

"바로 저 앞이 집인께 내보내 주쇼."

하지만 검문소를 지키는 군인의 태도는 달라지지 않았다.

"이 양반이 안 된다면 안 되는 줄 알아야지. 또 떼를 쓰는구먼!"

아버지는 금방 읽은 입간판 글까지 들이댔다.

"저그엔 즉시 귀가하라고 써졌구먼!"

"그럼, 폭도질하다가 떨어져 나왔소?"

"무슨 소리요? 나는 딸기 팔고 오는 길이오."

그러나 끝내 군인들은 아버지를 검문소 밖으로 내보내 주지 않았다.

아버지는 멀리 돌아서 집으로 갈까 생각했다. 차가 다니는 길을 버리고 산기슭을 돌아 들로 나가면 집으로 갈 수 있을 것이다. 그러나 이내 곧 고개를 저었다. 굳이 그렇게까지 해서 집으로 갈 필요가 있을까 싶었다.

16.
경고문

아버지는 다시 시내 쪽으로 발길을 돌렸다. 헌혈을 한 병원에 가서 사람들 말을 들어 보아야 할 것 같아서였다. 지금 자신은 시내에서 무슨 일이 일어났는지 잘 모른다. 다만 사람들이 많이 다치고 죽어서 피가 모자란다는 것만 안다. 속으론 '오후 8시 이후 빈 거리를 방황하는 자는 무조건 폭도로 간주하겠으니 밤에는 일절 외출을 하지 마십시오'라고 써졌던 경고문이 몹시 걸렸지만 지금 그런 걸 따질 계제는 아니다 싶었다.

왜 무기를 들었지? 시민들이 무기를 들었으니까 군인들하고 싸우다가 다치고 죽었겠지? 시끄러우면 좀 시끄럽고 말 일이지, 왜 사람들이 오가는 것도 못하게 막지? 궁금한 게 한둘이 아니었다.

식당 아주머니 말도 그렇고, 헌혈하려고 서 있던 사람들 말도 그렇고, 사람들 말을 들어 보아도 확실한 내막을 알 수는 없었다. 다만 사람이 많이 다쳤다는 것만은 확실한 것 같았다.

다시 병원에 가자 헌혈을 하려는 사람들 줄이 아까보다 훨씬 더 길게 늘어져 있었다. 한쪽에선 시끌벅적한 소리가 나기도 했다. 아버지는 그쪽으로 가 보았다. 한 무리의 아가씨들이 헌혈을 도와주는 사람과 입씨름을 하고 있었다.

"아가씨들은 쪼깐 곤란헌디…."

팔을 걷어붙이고 있던 아가씨 하나가 바로 받았다.

"뭐가요? 뭐가 곤란허다요?"

헌혈을 도와주던 이가 조심스런 표정을 지었다.

"말허기가 쪼깐 거시기헌디…."

"우리 피도 깨끗허요. 우리가 아무리 술 팔아서 먹고 살고 있지만, 우리 피도 깨끗헌께 암말 말고 뽑으시오!"

아마도 아가씨들은 술집에서 온 모양이었다. 그래서 헌혈 담당자가 피를 뽑으려 하지 않은 모양이다. 하지만 아가씨들은 물러서지 않았다.

"우리도 대한민국 국민이오. 이런 난리 통이 없어야 술집도 잘되는 법이오. 그란께 난리 통 빨리 끝내게 얼른 피 뽑으시오!"

결국 아가씨들도 피를 뽑았다. 아가씨들 말이 틀린 데가 없어 헌혈 차례를 기다리는 사람들 모두 아가씨들 편이 되어 얼른 뽑으라고 입을 모았다.

"지금 직업 따질 상황이 아니잖여."

"얼른 뽑제 뭐하고 있단가?"

술집 아가씨들 모두 헌혈을 마치고 병원을 빠져나갔다.

아가씨들이 헌혈을 마치고 나가도 줄은 줄어들지 않았다. 병원 직원들은 이마에 땀을 흘리며 사람들 사이를 이리 뛰고 저리 뛰며 애를 쓰고 있었다. 이미 몇 사람은 직원을 도와주고 있었다. 아버지도 헌혈 침대 정리 같은 건 할 수 있을 것 같았다. 아버지는 직원에게 가서 물었다.

"사람 필요 안 허요? 내가 헐 일이 뭐 없겄소?"

병원 직원은 이마의 땀을 손등으로 훔친 뒤 웃었다.

"지금 사람 손이 달리지요! 아저씨가 도와주시게요?"

그렇게 해서 아버지는 병원 헌혈반에서 일을 하게 되었다.

병원 게시판에 보니 계엄사령관 명의의 '경고문'이 두 장 붙어 있었다.

경 고 문

친애하는 시민 여러분!

이제까지 여러분의 이성과 애국심에 호소하여

자진 해산과 질서 회복을 기대해 보았습니다.

그러나 총기와 탄약과 폭발물을 탈취한 폭도들의

행패는 계속 가열하고 있으며, 이러한 상황하에서는

부득이 소탕하지 않을 수 없게 되었습니다.

○ 시민 여러분, 소요는 고정간첩, 불순분자, 깡패 들에 의하여 조종되고 있습니다.

○ 집결된 지역에 있는 선량한 시민 여러분은 위험합니다.

○ 지금 즉시 대열을 이탈, 집과 직장으로 돌아가십시오.

계엄사령관 육군대장 이희성

아버지는 픽 웃었다.

'집에 돌아가고 싶어도 안 보내 주믄서 이런 글은 뭣 땜시 발표했디야….'

옆에 있는 다른 경고문을 또 읽었다. 경고문만 읽어도 어찌 돌아가는지 대충 알 수 있었다.

경 고 문

1. 지난 18일에 발생한 광주 지역 난동은 치안 유지를 매우 어렵게 하고 있으며, 계엄군은 폭력으로 국내 치안을 어지럽히는 행위에 대하

여는 부득이 자위를 위해 필요한 조치를 취할 수 있는 권한을 보유하고 있음을 경고합니다.

2. 지금 광주 지역에서 야기되고 있는 상황을 살펴볼 때, 법을 어기고 난동을 부리는 폭도는 소수에 지나지 않고 주민 여러분은 애국심을 가진 선량한 국민임을 잘 알고 있습니다.
 선량한 시민 여러분께서는 가능한 한 난폭한 폭도들로 인해 불의의 피해를 입지 않도록 거리로 나오지 말고 집 안에 꼭 계실 것을 권고합니다.

3. 또한 여러분이 아끼는 이 고장이 황폐화되어 여러분의 생업과 가정이 파탄되지 않도록 자중자애하시고 과단성 있는 태도로 폭도와 분리될 수 있도록 함으로써 계엄군의 치안 회복을 위한 노력에 최대 협조 있기를 기대합니다.

1980년 5월 21일
계엄사령관 육군대장 이희성

'선량한 시민? 난폭한 폭도? 아예 노골적으로 협박을 하고 있구먼….'

게시판 글을 다 훑어본 아버지는 마침내 헌혈반 사람들 속으로 섞여 들어갔다.

17.
아버지는 어른인께

"아빠가 왜 안 돌아오지?"

"지금 시내에서 바깥으로 나가는 길을 다 막아 놔서 그럴 거여…."

광민이가 아버지 걱정을 하자 어머니가 나름대로 이유를 대며 걱정 말라고 했다. 그러나 가만히 앉아서 아버지를 마냥 기다릴 수만은 없었다. 가족들은 아버지를 찾아 나섰다. 찐돌이도 같이 나섰다. 검문소에 가자 아버지가 딸기를 실었던 손수레가 있었다. 광민이가 소리쳤다.

"어? 아빠가 끌고 나간 우리 딸기 수레잖여!"

"맞다. 우리 수레다!"

어머니도 고개를 끄덕였다. 어머니는 검문소 쪽으로 걸어갔다. 어머니는 검문소 군인에게 사정사정을 했지만 손수레를 넘겨받지 못했다.

'광민이 아빠가 수레를 끌고 여그까지 오긴 헌 모양이네. 여그서 이장 집에 전화를 헌 모양이구먼.'

어머니는 엊저녁 일을 재빠르게 머리에 그려 보았다.

'그라믄 지금 광민이 아빠는 어디 있다냐?'

사람들을 잡고 물어도 알 턱이 없었다. 더구나 찻길은 군인들이 다 막고 있어 시내로 들어갈 수도 없었다.

'찻길로 시내에 들어갈 수는 없고…. 그라믄 저쪽 산 밑으로 해서 들어가 보는 수밖에 없겄구먼.'

어머니는 검문소를 벗어나 멀리 산으로 돌아가는 길을 잡아 걸어갔다. 웬만한 길은 군인들이 다 지키고 서 있었다.

'뭔 난리가 크게 나긴 난 모양이네!'

어머니는 이마의 땀을 훔치며 발걸음을 재게 놀렸다.

광민이는 아버지가 집에 돌아오지 않은 일이 그다지 놀랍지는 않았다. 하지만 조금은 걱정되었다. 전에 못 보던 군인 검문소가 생기고, 아버지 수레가 검문소에서 발견되었다. 썩 좋은 느낌은 아니었다. 그러나 당장 어떻게 해 볼 도리가 없었다. 그래도 무작정 아버지를 찾아 나섰다.

검문소 너머에 사람들이 몰려들었다.

"시방 시내는 돌아 댕길 수가 없제."

"대학생들허고 젊은 사람들이 다 나섰다요. 듣기엔 고등학생들도 들고일어났다고 하더란께!"

"맞어. 어떤 고등학교 담벼락엔 고등학생들이 적은 벽보도 있더란께."

"허긴 고등학생들도 알 건 다 알겄제!"

"인자 고등학생들까정 바른 소리헌께 겁나서 더 단속허겄제. 광주 밖으로 이런 소문 나가믄 겁난께!"

"그란다고, 밖으로 나가지 못허게 허믄 되겄소?"

"지들이 먼저 사람을 패 놓고 인자는 밖으로 나가지도 못허게 혀? 똥 싼 놈이 방귀 뀐 놈 보고 성낸다더니, 꼭 그 짝이네!"

사람들은 웅성웅성 시내에서 일어난 일을 저마다 꺼내며 시내 밖으로 피난도 못 가게 하는 군인들을 원망했다.

"육이오 난리 때도 이렇지는 않았단께! 그땐 피난이라도 갔었제."

나이가 들어 보이는 노인 한 사람이 군인들에게 종주먹을 들이대며 말을 쏟아부었다. 총을 든 군인은 입을 꽉 다문 채 아무런 대꾸를 하지 않았다.

광민이는 사람들의 말을 흘리지 않고 유심히 들었다. 어렴풋이나마 광주에서 큰 난리가 일어났다는 것을 알았다.

찐돌이는 벌써 여러 차례 딸기밭에 뛰어갔다 왔다. 제 딴엔 아버지가 거기 있을 것 같은 모양이었다. 그러나 아버지는 딸기밭에 엎드려 있지 않았다. 찐돌이는 사람들이 검문소에 모여 있는 것을 보고 컹컹 짖기도 했다. 하지만 찐돌이가 짖는 것에 관심을 갖는 이는 아무도 없었다.

산길을 걸어 시내로 들어가려던 어머니는 다시 집으로 돌아오고 말았다. 어머니처럼 생각하는 사람들이 많아 이미 웬만한 길은 군인들이 다 지키고 있었다. 찻길만이 아니라 산길에도 군인들이 서 있었다. 어머니는 다리에 힘이 풀렸다.

"사방 천지를 다 막고 있구먼. 오만 디가 다 통행금지여."

어머니는 아버지가 궁금했지만 어쩔 수 없었다.

"한두 살 먹은 어린애도 아니고, 어른인께 알아서 잘 있겄제…."

광민이도 어머니 말에 적이 안심이 되었다.

'아버지는 모르는 것이 없은께, 어디 잘 있다가 통행금지 풀리믄 그때 바로 집으로 돌아오겄지!'

18.
수로에 처박힌 찐돌이

광민이와 어머니는 아예 검문소에 죽치고 앉아서 아버지를 기다렸다.

벌써 몇 번이나 딸기밭에 뛰어 갔다 온 찐돌이는 아버지가 밭에 없자 검문소로 다시 뛰어왔다. 찐돌이는 검문소 너머에 있는 손수레에 마음대로 다가가 코를 대고 킁킁댔다.

"그렇게 허믄 아빠 냄새가 잡히냐?"

광민이는 찐돌이가 하는 짓이 신통할 뿐이었다. 아버지 말마따나 역시 진돗개는 달랐다. 쥐만 잘 잡는 게 아니었다.

시내 쪽에서 사람들이 쏟아져 나왔다. 찻길을 막았던 통행금지가 풀려 오갈 수 있게 된 모양이었다.

광민이는 사람들 속에 아버지가 끼어 있을지 몰라 뛰쳐나가려고 했다.

"엄마! 사람들이 많이 오는디요. 저 속에 아빠도 끼어 있는지 가 볼까요?"

"아직 뭐가 어떻게 된 것인지 모른께 그냥 여그 가만히 있자. 오가는 통행금지가 풀렸으믄 느이 아빠도 곧 돌아오시겄지."

맞는 말인 것 같았다. 어머니 말마따나 아버지가 한두 살 먹은 어린애가 아닌데 통행금지 풀린 것을 모르겠는가. 그걸 알게 되면 아버지는 바로 집으로 돌아올 것이다.

사람들 틈에 아버지는 끼어 있지 않았다.

"느이 아빠가 집을 모르는 것도 아니잖여. 그란께 여그 있지 말고 집에 가서 그냥 기다리자."

어머니 말이 맞았다. 그래서 어머니와 광민이는 집으로 돌아왔다.

광민이는 찐돌이랑 아버지를 기다리며 마당에서 농구공을 가지고 놀았다. 어머니는 딸기밭에 나가지 못하고 집에 있었다. 이장이 마을 스피커로 들에 나가지 말라고 단단히 일렀기 때문이다.

"에, 에! 이장입니다. 주민 여러분께 알립니다! 시방 광주 시내에서 뭔 일이 일어난 모양입니다. 면에서 연락 왔는디 광주 길이 뚫려 다시 들고 날 수는 있지만 주민 여러분은 집에 가만히 있는 것이 좋겄다는 얘깁니다. 광주 시내에 지금 총이 풀려 아주 위험

하답니다. 충돌을 피하기 위해 군인들이 큰길에서 철수해 시 외곽으로 물러갔답니다. 우리 마을 주변 산기슭에 군인들이 진을 쳤으므로 주민 여러분은 들에 나가지 말고 당분간 면에서 별도 지시가 있을 때까지 집에 계시는 게 좋겠습니다."

"결국 딸기밭에 나가지 말라는 소리 아니냐? 딸기는 지금 안 따믄 다 물커지고 곯아 부는데 으찌까…."

어머니는 여문 딸기를 못 따는 게 몹시 마음에 걸렸지만 들에 나갈 수가 없었다. 어머니는 집안에서 발을 동동 구를 수밖에 없었다.

하지만 찐돌이는 밭으로 산으로 마음대로 뛰어다녔다. 찐돌이는 광민이랑 농구공 가지고 노는 일에 시큰둥해 했다. 그 대신 맘껏 들로 산으로 뛰어다니고 싶어 했다. 뱀독이 몸에서 다 빠져나간 뒤라 더욱 몸이 근질근질한지도 몰랐다.

"찐돌아, 니 나랑 농구 안 허는 건 괜찮은디 밖으로 너무 나대지 마라잉. 이장 아저씨 말 니도 들었제? 들에 나가지 말래!"

그날 하루 해가 다 저물도록 아버지는 돌아오지 않았다. 가족들 모두 조바심이 났다. 그렇다고 그 넓은 시내를 다 뒤지고 다닐 수도 없었다. 어머니는 해가 지는 마당을 내다보며 같은 말만 되풀이 했다.

"한두 살 먹은 어린애도 아닌디, 어련히 알아서 돌아오겄지…."

광민이도 같은 생각이어서 크게 걱정은 하지 않았다. 일찌감치

저녁을 먹은 뒤 숙제를 대충 하고 나서 일기를 썼다.

하루 종일 아빠를 기다렸다.
어제 딸기 팔러 시내에 들어갔는데
저녁밥 먹고 잘 시간이 된 지금까지도
아빠는 돌아오지 않았다.
아빠가 끌고 나간 딸기 수레는 검문소에 빈 채로 있다.
큰 길에 통행금지가 풀려
사람들이 맘대로 오고 간다.
내일은 아빠가 집에 돌아오려나.
농구하는 것도 신이 나지 않았다.
찐돌이도 그런 모양이었다.
- 끝 -

광민이는 일기장을 덮은 뒤 내일 시간표를 보며 책가방을 쌌다.

'광주 시내에선 학교도 쉬는 모양인디, 우리 학교는 문 안 닫는다냐?'

가방을 다 싸고선 농구공을 가방 옆에 두었다. 그런 뒤 잠자리에 들었다.

아버지는 병원 침대에서 잠깐 눈을 붙였다. 낮에 물밀듯이 들이

닥치던 헌혈객들도 밤엔 없었다. 아버지는 병원 직원을 도와 창고의 침대를 끌고 오거나 다리나 난간이 부서진 것, 나사가 풀린 것 따위를 손보았다. 평소엔 잘 안 쓰던 침대였는데 헌혈객이 넘쳐 창고에 있는 것까지 끌고 와야 하고 망가진 것도 고쳐서 써야 할 정도였다.

집에 어떤 식으로든 연락을 해 주어야 가족들이 걱정을 하지 않을 거라는 걸 알면서도 전화가 있는 이장 집에 전화를 넣지 못했다. 전화할 틈이 안 날 정도로 하루 종일 정신이 없기도 했지만, 앞전에 이장과 통화할 때 동전을 다 털어 넣어 통화를 한 까닭에 호주머니에 동전이 한 닢도 남아 있지 않았다.

'손수레가 검문소에 있은께 그걸 보고 나도 잘 있는 줄 알겄지. 으짜믄 손수레는 식구들이 집에다 끌어다 두었는지 모르겄네.'

어두워져도 아버지가 돌아오지 않자 찐돌이는 밖에서 끙끙거렸다. 찐돌이는 벌써 검문소가 있는 곳에 몇 차례 달려갔다 왔다. 아버지는 끝내 나타나지 않았다. 찐돌이는 이번엔 딸기밭에 뛰어갔다 오려고 다시 집을 나섰다.

마을이 조용했다. 불빛이 새 나오고 있는 집도 몇 집 안 되었다. 모두 깊은 어둠 속으로 빠져들어 갔다. 밤이 점점 깊어 가고 있었다.

집을 나선 찐돌이는 딸기밭 쪽으로 뛰었다. 찐돌이가 마을 건너편에 있는 딸기밭으로 내달리기 위해 막 수로를 건너뛰는데 산 쪽에서 콩 볶는 소리가 났다. 콩 볶는 소리가 밤하늘에 울려퍼지는가 싶더니 찐돌이의 외마디 비명 소리도 같이 울렸다.

"켕!"

찐돌이는 비명 소리와 함께 수로에 처박히고 말았다.

군인들은 깜깜한 데서 움직이는 것이 있으면 뭐든 총질을 해도 좋다는 명령을 받았다. 그들은 총을 쏘기 전에 먼저 '누구냐!'고 외쳤다. 그러나 찐돌이는 그 말에 아무런 대꾸를 하지 못했다….

19.
휴교

광민이는 아침에 눈을 뜨자마자 안방을 들여다보았다. 아버지 이불이 엊저녁에 펴 놓은 그대로 있었다. 밤사이에도 아버지는 돌아오지 않은 모양이었다.

"아빠가 엊저녁에도 안 들어왔네…."

광민이는 졸린 눈을 비비며 농구공을 들고 마당으로 나갔다. 여느 때 같으면 찐돌이가 달려와 반겼을 텐데, 찐돌이가 달려오지 않았다.

"찐돌아! 찐돌아!"

광민이는 찐돌이를 찾았다. 그러나 찐돌이는 나타나지 않았다.

"엄마, 찐돌이 어디 갔다요?"

부엌에서 어머니가 고개를 내밀었다.

“그라고 본께, 아침 내내 나도 찐돌이를 못 보았네.”

광민이는 혼자서 농구공을 하늘 높이 던져 놓고 뛰어가서 받았다. 찐돌이랑 같이하던 아침 운동이었다. 그렇게 혼자 노는 동안에도 찐돌이는 나타나지 않았다. 그때 마을 확성기가 울렸다.

“에, 에! 이장입니다. 주민 여러분, 안녕히 주무셨습니까? 새벽에 면에서 연락이 왔는데 광주 시내 쪽에 일이 크게 벌어진 모양입니다. 사람들이 많이 몰려나오더라도 거기 쓸려 들어가지 말라는 당부입니다. 참, 학생들은 오늘 학교에 가지 않아도 된답니다. 광주 시내와 마찬가지로 임시로다가 휴교를 한다고 하는군요.”

광민이는 공놀이를 하다 말고 검문소 쪽을 바라보았다. 군인들은 없었다. 마을 쪽으로 오는 사람들 몇이 눈에 띄었다. 시내 쪽으로 가는 사람은 보이지 않았다. 학교에 안 가도 된다는 이장의 말이 귓속을 맴돌았다. 그러나 아버지가 걱정되어 학교에 안 가도 되는 일이 하나도 즐겁게 느껴지지 않았다.

‘혹시 저 사람들 속에 아빠가 있을란가 모르겄네.’

하지만 아침 먹는 동안 내내 고개를 내밀어도 아버지는 집에 오지 않았다. 찐돌이도 나타나지 않았다.

아침 설거지를 서둘러 끝낸 어머니는 딸기밭에 다녀왔다. 광민이는 어머니 심정을 알 만했다. 뻔히 아버지가 밭에 없을 줄 알면서도 어머니는 평소 습관대로 움직인 것이다.

“딸기가 많이 여물었던디, 아빠는 오늘도 소식이 없으니, 뭔 일 일끄나….”

“밭에 찐돌이도 없다요?”

“못 봤는디. 아빠도 없는디, 찐돌이가 거긴 왜 갔겄냐?”

광민이는 고개를 갸우뚱거렸다. 그럼 찐돌이가 어디를 갔을까?

“광민아, 오늘 학교 안 가믄 엄마 도와 딸기 좀 따자.”

“내다 팔지도 못할 딸기를 뭣 하려고 따요?”

광민이가 볼멘소리를 냈다.

“팔든 못 팔든 다 여문 것은 솎아 내 주어야 할 것 같은께 그러제.”

광민이는 할 수 없이 어머니를 따라 딸기밭에 나갔다. 학교에 안 가는 대신 딸기 따는 일을 하게 되었다.

병원의 아버지 역시 딸기밭이 걱정되었다. 이제 길도 터졌고, 헌혈하는 사람들 도와줄 일도 많이 줄어들었다. 이참에 집에 가야 할 것 같았다.

아버지는 시내를 빠져나가는 사람들 속에 섞여 같이 걸어서 검문소 가까이 갔다. 밖으로 내보내 주지 않던 군인들 모두 물러가고 없었다.

“어?”

아버지 눈에 손수레가 들어왔다. 검문소에 자신이 두고 갔던 손수레였다. 손수레는 길 한쪽으로 밀려가 있기는 했으나 반가운 모습으로 자신을 반기는 듯했다.

아버지는 손수레의 여기저기를 살펴보았다. 전혀 사람 손을 타지 않은 것 같다. 아버지는 손수레를 끌고 검문소 자리를 빠져나왔다.

마을에 이르러 보니 딸기밭에 사람이 어른거렸다.

"광민이랑 광민이 엄마가 밭에서 일헌다냐?"

아버지는 집으로 가려다 말고 밭으로 가는 길을 잡아 걸었다. 아버지가 생각한 대로 밭에는 광민이와 광민이 어머니가 딸기를 따고 있었다.

"광민아!"

"아빠!"

"여보!"

세 사람은 부둥켜안고 기뻐했다.

20.
찐돌아! 찐돌아!

기쁨을 가라앉힌 어머니가 걱정스러운 눈으로 아버지를 바라보았다.

"듣자 헌게 시내는 지금 난리라던디?"

"난리는 난리여. 사냥꾼들이 설치는 바람에…."

"사냥꾼요?"

"아, 사람 사냥꾼 말여! 군인들이 보통 설쳐야 말이지. 나는 병원에서 일 도와주고 있다가 길 뚫렸다는 말이 들리자 바로 나왔구먼."

광민이는 역시 아버지라는 생각이 들었다. 그래서 어머니도 아버지가 어련히 알아서 할 거라고 했을 것이다.

"근디 찐돌이가 보이지 않네?"

광민이가 고개를 끄덕였다.

"아침 내내 안 보였어요."

어머니가 고개를 갸우뚱했다.

"당신 찾으러 가는 것 같던디…."

어머니는 찐돌이를 마지막 보았던 때가 엊저녁이었다고 했다.

"난리 통을 틈타 개장수들이 마을에 들러 잡아갔을끄나?"

아버지가 개장수를 들먹였다.

어머니가 고개를 저었다.

"그건 아닐 거예요. 다른 집 개들은 없어진 것 같지 않은께."

"어?"

그때 광민이 눈에 수로에 무언가가 엎어져 있는 게 들어왔다.

"혹시?"

광민이가 수로 쪽으로 달려갔다. 거기에 찐돌이가 너부러져 있었다.

"아니, 어떻게 된 거다냐?"

찐돌이 몸에 피가 덕지덕지 묻어 있었다.

아버지가 뛰어와 찐돌이 몸을 들여다보았다.

"어이쿠! 총에 맞았구먼! 사람 사냥꾼들이 개까지!"

어머니는 엊저녁에 나던 총소리를 떠올렸다.

"막 잠 들려고 헐 때 콩 볶는 소리가 잠깐 났는디…. 그때 군인들이 총질을 헌 모양이네!"

"뱀에 물렸을 때도 안 죽었는디, 이런…."

아버지는 할 말을 잇지 못했다.

"독사보다 나쁜 놈들! 독사헌티 물렸을 때도 찐돌이는 안 죽었는디, 우리 찐돌이를 죽이다니!"

광민이는 발을 동동 구르며 찐돌이 얼굴에 자기 얼굴을 비벼댔다. 어머니도 할 말을 잃고 눈물만 흘렸다.

아버지는 찐돌이를 안아 수레에 태웠다.

"일단 집으로 가자."

아버지가 수레를 끌고 앞장섰다.

집에 이르자 어머니가 안방으로 가 커다랗고 하얀 보자기를 하나 꺼내 왔다. 아버지가 수레에서 찐돌이를 안아 내린 뒤 그 보자기 위에 내려놓았다. 어머니가 보자기로 찐돌이를 조심스레 감쌌다.

아버지가 눈을 깜박거리며 어머니를 바라보았다.

"어디다 묻어 줘야쓰까?"

아버지는 찐돌이를 묻을 때에 쓸 연장을 찾으러 헛간 쪽으로 갔다.

어머니가 아버지 등 뒤에 대고 대답했다.

"딸기밭에 다시 데려가 묻어 줍시다. 찐돌이가 당신이 거그 있는 줄 알고 밤에 밭에 나갔다가 총에 맞은 것 같은께요."

어머니 말대로 찐돌이를 딸기밭머리에 묻기로 했다.

아버지가 다시 찐돌이를 안아 수레에 올렸다. 어머니가 찐돌이 밥그릇을 가져와 수레에 실었다. 아버지가 찐돌이 실은 수레를 끌고 딸기밭으로 갔다. 어머니가 그 뒤를 따랐다. 느닷없이 광민이가 방으로 뛰어 들어갔다. 아버지가 광민이 뒤에 대고 불렀다.

"광민아, 어디 가냐?"

광민이는 아무런 대답을 하지 않았다. 아버지는 찐돌이를 태운 손수레를 끌고 다시 딸기밭으로 갔다.

아버지가 찐돌이 묻을 구덩이를 팠다. 구덩이를 다 판 뒤엔 찐돌이를 안아서 구덩이에 내렸다. 어머니가 찐돌이 머리맡에 밥그릇을 놓았다.

"잠깐만요!"

광민이가 농구공을 허리에 끼고 헐레벌떡 뛰어왔다. 아버지 어머니가 뭐라 할 새도 없이 광민이는 농구공을 찐돌이 앞 두 발과 가슴 사이에 안겨 주며 울었다.

"찐돌아, 잘 가! 우리 나중에 만나서 또 농구허자잉!"

광민이가 흘린 눈물이 찐돌이 몸과 농구공 위에 쏟아졌다. 닭똥처럼 굵었다.

멀리 산 쪽에서 까마귀 울음 소리가 들려오고, 마을 쪽에서 이장이 확성기를 켜고 방송을 시작하는 소리가 났다.

"에, 에! 이장입니다. 주민 여러분 안녕하십니까? 오늘 방송하는 것은….”

이어 확성기에선 계엄 당국의 높은 자리에 있다는 어떤 사람의 목소리가 흘러나왔다.

광주 일원은 5월 27일 새벽 계엄군의 진입으로 질서를 회복하고 있습니다.

계엄군은 이날 새벽 신속한 작전을 펼쳐 시민의 피해를 최소화한 가운데 난동자들을 제압하였습니다….

해설

통행금지 공간에서 겪은 역사의 악몽

1. 악몽에 시달리는 이유

악몽에 시달린 적이 있나요. 식은땀을 흘리며 깨어난 아침은 힘이 빠지지만 한편으로는 한결 개운하기도 합니다. 꿈자리를 차지하고 있는 악몽은 쉽사리 모습을 알 수 없습니다. 안갯속인 듯 희미하지요. 하지만 거부할 수 없는 무언가가 우리를 사로잡고 있다는 것을 은연중에 느끼게 됩니다. 그런데 악몽은 왜 꾸게 되는 걸까요.

정신분석학이라는 학문이 있는데요. 사람 마음속에 무엇이 있을까 따지고 정신적으로 아픈 곳이 있다면 치료 방법을 연구합니다. 정신분석학에서는 꿈꾸는 이유를 두 가지로 얘기합니다. 현실에서 이루지 못한 소망이 있거나 기억하고 싶지 않을 정도로 숨기고 싶은 것이 있을 때 꿈을 꾼다고 하네요. 앞의 경우를 '백일몽(白日夢)'이라 하고, 뒤를 '악몽(惡夢)'이라 부릅니다.

'백일몽'은 말뜻 그대로 '한낮에 꾸는 꿈'이지요. 밤이 아니라 낮에 꾼다 해서 '헛된 공상'쯤으로 여기기도 합니다. 소망이 간절하면 간절할수록 현실에서 채워지지 않기에 비현실적인 세계를 생각하거나 상상할 때를 말합니다. 그래서 누군가 황당한 생각을 하거나 얼토당토않은 주장을 하면 "백일몽 꾸고 있네"라고 하며 혀를 차지요. 일종의 비유라 할 수 있습니다. 소설 속 백일몽 상태는 등장인물이 책임에서 벗어나 자유롭고자 욕망을 부릴 때 드러납니다. 현실 도피 수단으로 쓰는 것이지요. 주위에서 예를 들자면, 공부하기 싫을 때 게임방에서 정신없이 놀고 있는 나를 상상하고 있는 모습이라고나 할까요. 공부방과 게임방을 혼동해서 꿈꾸듯 멍한 상태 말입니다. 현실에서 벗어나려는 회피의 수단이고 도피의 꼼수이지요.

'악몽'은 '불길하고 무서운 꿈'이지요. 꿈이 아니어도 생활하면서 비유적으로 쓰곤 합니다. "차라리 꿈이었으면" 하고 말입니다. 뭔가 감당할 수 없을 만큼 끔찍한 상황에 맞닥뜨렸을 때지요. 이런 일반적인 풀이도 있지만 악몽을 꾸는 이유는 마음의 병 때문이기도 합니다. 그래서 "악몽에 시달린다"라고 말할 때는 일상생활을 잘하지 못할 정도로 병이 깊은 것으로 여기게 되지요. 악몽은 불안과 공포, 죄책감 등과 관련돼 있다고 합니다. 들어봤을 거예요. '트라우마(trauma)'라고. 우리말로는 '외상 후 스트레스 장애'라고 하는데 전쟁이나 큰 재난을 겪은 충격 때문에 생긴 병입니다. 거의 비슷한 내용의 악몽을 반복해서 꾸게 되는데, 더없는 공포가 아닐 수 없습니다. 그 원인은 아주 복잡해서 쉽게 설명할 수 없지요.

꿈 얘기를 너무 오래했네요. 이 소설을 읽는 중요한 길잡이로 삼고 싶어서입니다. 박상률 작가는 역사 속에서 악몽을 꾸는 사람입니다. 그가 꾼 악몽이 바로 이 소설로 나온 거라 할 수 있지요. 그 역사의 악몽은 지난 1980년 5월 광주에서 일어났던 '5 · 18민주화운동'을 배경으로 합니다. 그럼 역사와 소설에 대해 생각해 봐야겠네요. 둘 다 이야기의 형식을 띠고 있으니 비슷한 갈래라 할 수 있을 것 같긴 합니다. 하지만 역사는 사실을 다루고 소설은 허구, 즉 사실에 없는 일을 사실처럼 꾸며 만든 것이라 일반적으로 규정하니 전혀 다른 영역으로 보이네요. 역사를 강조하면 소설이 힘을 잃고 소설에 힘을 실으면 역사를 왜곡하게 되는 모순이 있네요. 이처럼 《통행금지》는 역사와 소설의 경계에 놓인 작품입니다. 그런데 박상률 작가는 이 아슬아슬한 선을 서로 침범하지 않으며 역사는 역사대로 생생한 사실을 드러내 보여 주고, 소설의 재미는 재미대로 이끌고 가면서 우리에게 신기한 경험을 하게 합니다. 그러므로 이 소설을 읽으면 역사의 끔찍한 현장을 목격하게 될 것입니다.

더불어 이 역사의 악몽에서 어떻게 벗어나야 할지 생각하게 될 것입니다. 악몽과 대면하는 일은 역사의 길이며 이를 벗어나는 일은 소설의 길입니다. 박상률 작가는 이 두 길을 연리지처럼 엮어 보여 줍니다. 우리도 그 길을 슬기롭게 따라가 보지요.

2. 역사의 악몽에서 벗어나기 위해

누구의 말인지는 불분명하지만 역사적 사건에 휘말릴 때 마다 '역사를 잊은 민족에게 미래는 없습니다'라는 말을 자주 인용합니다. 아마도 역사 망각에 젖은 우리의 역사 인식을 반영하는 역설적 문구라 할 수 있지요. 누가 말했든, 중요한 것은 잊지 말아야 할 역사의 실체가 무엇인지 새겨보는 일이지 않을까요. 자랑스럽고 뿌듯한 역사는 아닌 것 같습니다. 오히려 지난밤 시달린 악몽처럼 떠올리기 싫은 역사의 악몽, 즉 끔직한 사건, 체험, 기억이 아닐까요.

그처럼 '5·18민주화운동'은 오랫동안 역사의 악몽으로 자리했습니다. 그날 광주에서 일어났던 죽음의 공포를 제대로 이야기할 수 없었습니다. 그런데 악몽처럼 반복해서 우리 마음을 고통 속으로 이끌고 갔습니다. 아무도 입에 담지 않았지만 그것이 오히려 죄책감이나 부끄러움이 되어 고통스러웠습니다.

《통행금지》는 광주의 역사적 사건을 배경으로 역사의 문제를 다시금 생각하게 하려는 데 글 쓴 목적이 뚜렷합니다. 특히 작가가 체험한 광주의 역사와 이념적 갈등을 작품 주제의 중심에 두고서 왜 그때 광주사람들이 '통행금지' 상태에서 섬처럼 고립되었을까 하는 의문을 불러일으키게 합니다. 박상률 작가에게 역사적 현실은 늘 강박관념으로 장애가 되어 풀어야 할 숙제와 같은 것이라 할 수 있습니다. 이 역사의 굴레를 벗어나 극복하는 길은 무얼까 고민했던 결과물이 이 작품입니다.

역사의 악몽에서 벗어나는 길을 하나 제시한 사람이 있습니다. 철학자 발터 벤야민입니다. 벤야민은 역사가 옛이야기처럼 굳어 있어서는 안 된다고 말합니다. 역사에 생기를 불어넣는 방법은 올바른 현실 인식에서 출발해야 한다고 합니다. 현재가 과거와 연결돼 있다는 생각을 하자는 말이지요. 그때 역사를 알고자 하며 적극적으로 문제를 풀어나가기 위해 '내'가 중심이 되자고 합니다. 그 모양은 꼭 '별자리' 같습니다. 별들은 어떻게 움직이나요. 서로 서로 손을 잡고 있듯이 하나의 별을 중심으로 일정한 모양을 유지한 채 밤하늘을 회전하지 않나요. 그래서 과거는 현재가 되고 현재는 과거가 되고 그런 가운데 미래의 움직임을 가늠할 수도 있지요. 그렇게 움직이는 가운데 역사의 악몽을 내 것으로 이해하고 오늘 여기서 풀어내는 이상한 일들이 일어날 것이라고 벤야민은 말합니다.

소설 속에서 '광민이'와 '아버지'는 각자 하나의 별자리를 이루는 역사의 중심입니다. 사실과 허구의 경계에 얽매이지 말고, 모두 오늘 우리가 겪고 있는 일들 중 하나라 여기면 더욱 실감납니다. 광민이를 둘러싼 찐돌이의 움직임은 또 하나의 별입니다. 쥐에게서 창고를 지키려는 찐돌이의 끈질긴 태도는 곧바로 아버지의 별자리로 옮겨져 계엄군에게서 광주를 지키려는 광주의 선량한 사람들의 모습이 됩니다.

악몽은 별들이 서로 어그러져 움직일 때 시작됩니다. 광민이의 별자리에서 '독 안에 든 쥐'가 아버지의 별자리에서 '인간 사냥'의 먹잇감이 되어 '독 안에 든 쥐 꼴'로 통행금지를 당하는 사태에서 벌어집니다. 금지의 대상이었던 쥐가 광주 사람들로 변신하는 이상한 현실이 악몽처럼 벌어진 거지요. 쥐의 운명은 매 한 가지이기에 광주의 비극은 이미 예견되었습니다.

별은 끊임없이 움직이고 별자리도 역사의 악몽을 역사의 승리로 이끌 수 있다는 사실을 "뱀은 쥐와 달랐다"라는 강한 표현에서 짐작할 수 있습니다. 여기에 찐돌이의 희생이 상징처럼 그려집니다. 주인 광민이를 지키기 위해 자신을 버렸던 행동은 광주 사람들이 독 안에 쥐로 머물지 않고 뱀처럼 스스로 변화될 것이라는 것을 암시합니다.

광주 시민 여러분!
이것이 웬 말입니까?

이게 웬 날벼락이란 말입니까?

학생들을 총칼로 찔러 죽이고 몽둥이로 두들겨 팬 뒤 트럭에 실어 갔습니다.

어디로 갔는지도 모릅니다.

이제 우리가 살길은 모든 시민이 하나로 뭉치는 일입니다.

이 호소문은 역사적 사실이며 동시에 이 소설의 주요한 변환 모티프이기도 합니다. 쥐가 뱀이 되는 역사의 코페르니쿠스적 전환이 일어나는 순간입니다. 이때는 모든 별이 발광하며 밤하늘을 밝히는 장면이 눈에 선합니다. 그처럼 호소문은 새로운 언어로서 역사의 순간을 재빠르게 적극적으로 표현하는 수단이 되었습니다. 잘 꾸민 어떤 책보다 더 광주의 공동체에 직접적인 영향을 미쳤을 겁니다. 그러나 그때도 별들은 멈추지 않습니다.

별자리는 다시 움직입니다. 별들이 쥐에서 독사로, 다시 무엇으로 변화되는지 역사의 진행을 따라가 봅시다. 찐돌이는 '독사보다 나쁜 놈들'에게 희생됩니다. 광민이의 별자리에서 독사는 폭력의 상징인 군인들로 움직입니다. 그들은 쥐의 형상을 하고 있습니다. 이때 아버지의 별자리에서 독사처럼 독이 올랐던 광주 시민들은 이제 찐돌이의 위치로 이동합니다. 소설은 그렇게 별들을 움직이도록 장치를 해 놓았지요.

두 별자리의 운행 속에서 찐돌이의 죽음과 광주 시민의 죽음은 하나가 되었습니다. 서로 달랐던 처지와 삶의 목적이 죽음을 이기고 또 다른 별로 탄생했습니다. 이 부활은 종교적입니다. 구원을 가리키는 메시아의 기다림 같은 것이지요. 마찬가지로 광민이의 별자리에서 쥐들이 사라졌듯이 아버지의 별자리에서 계엄군도 사라질 것입니다.

> 광주 일원은 5월 27일 새벽 계엄군의 진입으로 질서를 회복하고 있습니다.
> 계엄군은 이날 새벽 신속한 작전을 펼쳐 시민의 피해를 최소화한 가운데 난동자들을 제압하였습니다. ….

계엄 당국의 이 포고령은 광주 시민들의 앞선 호소문과 달리 움직이고 있습니다. 그러나 별들은 끊임없이 움직이기에 새로운 별자리를 만들어 호소하듯 반짝일 겁니다. 소설은 이렇게 마무리되고 있습니다. 역사에서 승자와 패자를 나누는 일처럼 헛된 일은 없을 겁니다. 광주의 선량한 시민들이 떨어지는 별로 생명을 다한 듯 보이지만, 그래서 역사는 악몽으로 끝이 난 듯하지만 박상률 작가는 그렇지 않다고, 다하지 못한 말로, 침묵으로, 여백으로 말합니다. 누가 끝까지 인간의 모습으로 반짝이고 있었는가. 박상률 작가가 이처럼 비극적 결말로 소설을 끝낸 것도 마침내 역사의 악몽에서, 오늘 우리가 살아갈 가치를 삶 속에서 찾는 실천으로 채울 것을 요청하는 것이라 할 수 있습니다.

읽는 여러분도 자기만의 별자리를 만들어 보세요. 거기에 광민이의 별자리와 광민이 아버지의 별자리 옆에서 운행을 해 보면 재미있지 않을까요. 여러분의 별자리에는 어떤 별들이 있나요. 아니 어떤 별들을 엄마처럼 거느리고 싶은가요.

3. 한쪽 길로

소설《통행금지》에서 찐돌이의 죽음이 자꾸 떠오릅니다. 총에 맞는 비극적인 죽음이면서 동시에 희생을 통해 새로운 삶의 방향을 열어 주었다는 점에서 소중한 기억입니다. 이처럼 찐돌이의 죽음은 악몽 같은 역사가 끝맺음 할 것임을 미리 알려주는 징표라 할 수 있지요. 그런데 만약 찐돌이의 죽음을 기억하지 않는다면 역사의 흐름은 어떻게 될까요. 아마 그 상태 그대로 반복하겠지요. 그것은 우리 몸이 굳어 버리는 것처럼 마비되는 상태라 할 수 있습니다.

만약 광주의 지난 역사를 망각한다면 그 많은 죽음은 아무 가치 없이 역사의 뒤안길로 사라질 겁니다. 이는 역사의 흐름을 정지시키는 일이기도 하지만 폭력을 모른 체하는 일이기도 합니다. 그동안 우리 사회는 거대한 폭력 때문에 숨죽여 살았습니다. 폭력은 공포를 자극하고 인간의 의지를 마비시키고 복종을 강요합니다. 그러므로 나아가야 할 역사의 흐름이 멈췄다는 것은 마비 상태로서 우리에게 매우 중요한 무엇이 사라졌다는 말입니다. 그것은 바로 인간성의 부재입니다. 이 소설에서 박상률 작가가 안타깝게 전하려는 연민의 부재이기도 합니다. 연민은 다른 사람의 처지를 불쌍히 여기는 마음이니, 찐돌이의 죽음은 지난날 사라졌던 순수했던 우리 마음을 다시금 불러일으킵니다.

이 소설에서 또 기억해야 할 것이 있다면 '딸기밭'입니다. 박상률 작가가 표현한 딸기밭은 단순히 자연 속 풍경이 아닙니다. 역사적인 쓰임이 있는 공간이기 때문입니다. 공포가 가시지 않은 역사의 마비 상태를 극복하기 위해 소설에 가져온 것입니다. 화석처럼 굳어 버린 삶의 무기력에서 벗어나 역동적인 힘을 주기 위해서입니다. 다시 말해 인간의 의지를 보여 주기 위해 마련된 장치라 할 수 있습니다. 광민이네 가족에게 딸기밭은 역사의 악몽을 극복하고 현재를 열심히 살아 낼 수 있는 터전이며 미래의 꿈이 담긴 저장소입니다.

마법과 같은 소설 장치도 이 소설을 읽는 즐거움 중 하나입니다. 서로 차이 나는 쥐와 인간과 뱀과 계엄군이 자리바꿈할 수 있게 만들어 인간과 동물과 사물이 한데 모일 수 있게 만들었습니다. 차이를 극복할 수 있는 닮은꼴로 '같이, 나누고, 참여해, 접촉하는' 효과를 누리게 합니다. 홀로 반짝이면서 서로 움직이는 별자리처럼 생활 터전이기도 한 딸기밭 같은 1980년 5월의 광주를 상상하게 해 줍니다.

앞서 인용했던 발터 벤야민은 거꾸로 가지 않는 역사를 위해 '일방통행로'가 필요하다고 말합니다. 일방통행로는 복잡한 도로 상황을 생각해서 차량의 흐름이 물 흐르듯 하도록 만든 길입니다. 벤야민은 한쪽으로 난 거리를 따라 걸으며 길가에 늘어선 갖가지 가게 간판, 벽보, 플래카드, 광고판, 쇼윈도, 다닥다닥 붙은 집 들을 눈여겨보았습니다. 걸을 때마다 열리고 닫히는 공간과 멀어지고 가까워지는 길거리 풍경에서 여러 가지를 두루 생각하게 만드는 이미지를 보게 됩니다. 이를 '통행금지'에 갇힌 우리 역사 속에 가져다 놓으면 어떨까요. 우리 생각을 한쪽 길로 흐르도록 한다면 막혔던 광주의 진실을 역사의 한 방향으로 흘러가게 할 수 있지 않을까요. 그 길에서는 광민이와 찐돌이가 신나게 농구를 하고 있을 겁니다.

이민호(시인 · 문학평론가)

작가의 말

그해 봄날, 딸기가 밭에서 머리 숙여 자라고 있던 그날은 여느 해와 마찬가지로 따스했습니다. 바람도 살랑살랑 불어왔습니다. 꽃샘추위는 진즉 지나갔고, 따스한 봄바람이 불어왔습니다. 금방이라도 손에 잡힐 듯한 봄기운, 그런 게 느껴졌습니다. 그런데 그런 봄날에 느닷없이 사냥꾼들이 들이닥쳤습니다. 그리고 사냥꾼들은 그들만의 '화려한 휴가'를 즐기기 위해 마구 사냥질을 시작했습니다.

그런데, 그런데 말입니다. 그들이 사냥한 것은 창고에서 곡식을 파먹는 쥐가 아니었습니다. 병아리를 채 가는 솔개 같은 날짐승이나 살쾡이 같은 들짐승도 아니었습니다. 엉뚱하게도 그들은 대한민국 군인들이었는데 대한민국 국민을 상대로 사람 사냥을 한 것입니다. 그들이 사람 사냥을 하기 위해 내린 작전명은 '화려한 휴가'였습니다.

말이 참으로 혼란스럽습니다. 사람 사냥이라니? 사람이 사람을 사냥할 수 있나? 그 옛날 노예로 사람을 사냥했던 남의 나라 이야기가 아닙니다. 바로 머지않은 옛날인 '그해 봄날'의 우리나라 이야기입니다.

1980년 5월, 남쪽의 평화로운 도시에 갑자기 군인들이 들이닥쳤습니다. 그리고 같은 국민인 시민과 학생 들을 향해 총을 쏘고 칼로 찔렀습니다. 말 그대로 사람 사냥질을 한 것입니다. 그들은 그렇게 '화려한 휴가' 작전을 펼쳤습니다. 일부 군인이 자신들의 정치적 야욕을 이루기 위해 국민들을 총칼로 짓누른 것입니다.

딸기처럼 햇살 좋고 바람 좋으면 잘 여물던 사람들. 날씨에 따라 쉽게 짓물러서 금세 못 먹게도 되는 딸기 같던 사람들. 딸기처럼 밭고랑에 머리를 숙이고 있던 사람들. 그런 사람들을 향해 사냥꾼들은 사냥질을 한 것입니다.

세월이 아무리 흘러도 쉽게 잊을 수 없는, 잊어서도 안 되는 우리 역사의 슬픈 장면입니다. 그때 나 역시 그 도시의 딸기였습니다. 이제 막 스무 살 조금 더 먹은 젊은이였지요. 돌이켜보니 내 친구들, 이웃들도 모두 딸기였습니다.

여기에 그때 보았던 딸기밭 풍경 한 장면을 그려 보았습니다.

몇 장면엔 그 당시 계엄군이 발표한 '경고문'을 그대로 인용하기도 했지만, 이야기 전체엔 굳이 이런저런 역사적 사실을 많이 넣지 않고 오로지 딸기 몇 송이만 그려 넣었습니다. 딸기 몇 송이 얘기만 들어도 그해 봄날을 알 수 있기 때문입니다.

엄마, 아빠, 광민이, 농구공과 찐돌이 모두 딸기의 다른 이름일 뿐입니다. 딸기밭에서 사냥꾼들의 총을 맞고 광민이 농구공과 함께 묻힌 찐돌이가 지금쯤 농구를 잘하고 있는지 모르겠습니다….

2018년 봄 無山書齋에서

박상률